家藏文库

柳宗元诗选

〔唐〕柳宗元 著　　洪淑苓 注析

中州古籍出版社
·郑州·

图书在版编目（CIP）数据

柳宗元诗选 / (唐) 柳宗元著；洪淑苓注析. — 郑州：中州古籍出版社，2016.7
（家藏文库）
ISBN 978-7-5348-6447-6

Ⅰ.①柳… Ⅱ.①柳… ②洪… Ⅲ.①唐诗-诗集 Ⅳ.①I222.742

中国版本图书馆CIP数据核字（2016）第147695号

家藏文库：柳宗元诗选

选题策划	卢欣欣　赵发杰	
约稿统筹	卢欣欣	
责任编辑	梁瑞霞　张军辉	
责任校对	牛冰岩	
封面设计	王　歌	
版式设计	曾晶晶	

出　版	中州古籍出版社	
	地址：河南省郑州市经五路66号	
	邮编：450002	
	电话：0371-65788693	
经　销	新华书店	
印　刷	郑州市毛庄印刷厂	
版　次	2016年7月第1版	
印　次	2016年7月第1次印刷	
开　本	640毫米×960毫米　1 / 16	
印　张	15印张	
字　数	192千字	
定　价	27.00元	

前　言

柳宗元（773~819）是唐代著名的文学家，以古文见著，在唐宋八大家之中，与韩愈齐名。韩愈主张"文以贯道"，柳宗元主张"文以明道"，二人都是唐代古文运动的重要人物，在中国文学史上有崇高的地位。古文之外，柳宗元的五言诗也受后人重视，可以和他的古文互相辉映。这里将先介绍柳宗元的生平，其次泛论其文学上的成就，第三则论述其诗歌艺术，最后说明本书的体例与参考书目。

一　柳宗元的生平

柳宗元，字子厚，河东解（今山西运城市西南）人。柳氏始祖可上溯至春秋时期鲁国的展禽（柳下惠），禽食采柳下，遂姓柳氏。秦并天下，柳氏迁河东，始居解县。

柳氏先祖多任朝官。入唐以来，宗元堂高伯祖奭，为唐宰相，与褚遂良、韩瑗俱得罪武后，死于高宗朝。高祖子夏，任徐州长史。曾祖从裕，任沧州清池令。祖察躬，任湖州德清令。父镇，以文章垂名当世，天宝末，高第明经科。遇乱，奉母隐王屋山，后徙于吴。乱平，上书言事，擢右卫率府曹参军。累官至殿中侍御史，以事触窦参，出为夔州刺史。参败，还，复侍御史，卒官。为人刚直，所交皆当世名人。

代宗大历八年（773），宗元生于长安。由于先人多在外任官，柳氏早已迁离祖籍，在长安购置田产庄园，而且自宗元五世祖楷以下，坟墓均在京兆万年县，长安可说是宗元真正的故乡。

宗元四岁居长安西田庐中，父镇奔丧赴吴，由母亲卢氏教古赋十四首，皆能讽诵。嗜好音乐，尝自学十年。十一岁起，随父之官职而游历湖北、湖南、江西一带，增长见闻，开拓眼界。十二岁居夏口时，与杨凭女定婚。

德宗贞元五年（789），宗元十七岁，至京师求进士，未成。次年，举进士，未第。至贞元九年（793）二月，二十一岁，登进士第，同榜有刘禹锡等人。同年五月，父镇卒于长安亲仁里第，宗元居家守丧。

贞元十四年（798），宗元二十六岁。是年登博学鸿词科，授集贤殿正字，正式步入仕途。"正字"系为朝廷校勘整理图书的官职，有机会饱览群书，却不能真正施展政治抱负。三年后，宗元调任京兆蓝田（在今陕西）县尉，由近京畿的地方官做起，这算是一种磨炼。贞元十九年（803）因御史中丞李汶之荐，宗元自蓝田调回朝廷，任监察御史里行。同时有韩愈、刘禹锡、韩泰等，也因李汶引荐而拜为监察御史。从此，宗元进入政治圈的核心，也和当时的名人俊彦建立深厚的情谊。最关键的是他得到王叔文、韦执谊的赏识，成为其政治集团的骨干，同时也种下日后连遭贬谪的苦因。

贞元二十一年（805），宗元三十三岁。这一年正月，德宗皇帝崩殂，顺宗即位，八月改元永贞。深得顺宗信任的王叔文被任命为度支盐铁转运副使，掌有大权。同时擢升韦执谊为宰相，王伾为左散骑常侍，柳宗元为礼部员外郎，刘禹锡、吕温、韩泰、凌准、韩晔等人，都获得重要职位。

以王叔文为首的政治集团，不能说没有政治理想与治绩。在接掌大权之后，他们迅速推行了一连串的改革，包括政治、经济、军事方面，除弊兴利，期望做到利国利民。例如贞元末，宦官权势高涨，欺压百姓，创"宫市"，以贱价强买百姓之物，巧取豪夺，百姓苦不堪言。王叔文集团大力废止其，使百姓大悦。其他如免租税、罢进献、废五坊小儿、出教坊女妓、降低专卖盐价，乃至于收回宦官把持的兵权、藩镇把持的财赋大权等，都是果敢明快之举，史称"永贞革新"。

但这场雷厉风行的政治革新，实际上只维持了一百多天。王叔文得志自矜，亢傲以待异己，是其失败的主因。在王叔文计划夺取宦官兵权时，宦官俱文珍等也已结集同党与保守派者，拥立皇太子监国。是年八月四日，保守派迫使病势沉重的顺宗退位，拥立太子李纯继位，即宪宗。宪宗继位后，立即贬王叔文为渝州司户（次年赐死），王伾为开州司马，韦执谊为崖州司马，柳宗元为永州司马，刘禹锡、韩泰、陈谏、韩晔、凌准、程异等同被贬为各州司马。这十位罪臣，史称之为"二王八司马"。

正值壮年的柳宗元遭此打击，可说有志难伸，郁郁寡欢，也从此远离政治核心，成为政治的边缘人。当时的永州（治今湖南永州）仍属南方荒凉偏僻之地。司马一职，是个虚衔，既无职责也无官舍可住。朝廷论处其罪，还特别强调"纵逢恩赦，不在量移之限"，可见其处境的凄凉孤绝，令人同情。

柳宗元被贬永州一共十年（宪宗元和元年至十年，806~815）。这期间，宗元母亲卢氏卒于永州，女儿和娘夭亡，挚友凌准、吕温先后亡故。宗元与韩愈多次书信往来，谈诗论文；又与巽上人等僧徒交游，开始钻研佛理。而广读史书典籍、泛览永州山水，更是宗元排遣愁闷的方式。但他内心最期望的，仍是得到朝廷的赦免，并早日调回京城，重新开始仕宦生涯。他曾经写信给翰林学士萧俛、李建，京兆许孟容等，向他们陈情，请求除罪移官。然而宪宗甚恶王叔文党，保守派势力强大，萧、许等也不敢冒险进言，因此宗元的希望一再落空。沉痛的心情，加上南方瘴疠为虐，宗元的身体也日益孱弱。他曾说："仆自去年八月来，痞疾稍已，往时间一二日作，今一月乃二三作。用南人槟榔余甘，破决壅隔大过，阴邪虽败，已伤正气。行则膝颤，坐则髀痹。"（《与李翰林建书》），真可谓"残骸余魂，百病所集"（《寄许京兆孟容书》），境况惨然。

宗元在永州的日子，身心俱疲，苦不堪言。那渴望赦免还京的心声，语调极其卑微可怜，使人可以想见古代社会知识分子在仕宦之途上的限制与苦痛。所幸，除了以屈原自比，仿《离骚》赋诗明志之外，"永州八记"更记载了宗元心境上的转变，使人们得以深刻认识这位文学家因痛苦而伟大的心灵。

元和十年（815），宗元四十三岁。前一年十二月，宪宗终于下诏追王叔文党赴都。于是宗元在次年正月登程赴长安，沿途皆有诗，充满喜悦兴奋之情。尤其是挚友刘禹锡亦奉诏北归，二人至襄州会合同行，仿佛将获得政治新生命。可惜，这只是昙花一现，朝中虽有宰相武元衡极力支持宗元等人，但宪宗及保守派仍不肯松手，三月，宗元等人不但没有除官复职，反而再被贬为远州刺史。刺史官阶在司马之上，但所授辖地，却更加偏远，根本就是明升暗贬，雪上加霜。这次，宗元被调迁柳州刺史，辖区在今广西柳州，比永州更为偏僻，乃真正的蛮荒之地。

当时刘禹锡被授为播州刺史，宗元以播州（今贵州遵义市）地远，禹锡母老不能远行，自请以柳易播。此事经中丞裴度力谏，宪宗终于首肯，改授禹锡连州（在今广东省）。宗元这番诚恳的友情，相当令人感动，由此也可知宗元实乃性情中人。随后宗元启程赴柳州，禹锡一路偕行，到湘水边两人才赋诗分别，诗云："十年憔悴到秦京，谁料翻为岭外行。……今朝不用临河别，垂泪千行便濯缨。"（《衡阳与梦得分路赠别》）词情剀切，隐含无奈与辛酸。

元和十年六月，宗元到任柳州刺史。刺史比司马较有权责，在惨淡的心情下，宗元仍善尽地方父母官之职，整治柳州，因俗施教，政绩卓著。譬如改革当地的奴婢制度，改以佣工抵偿，使百姓儿女得以赎身，即其一大德政。衡湘以南的进士，都以宗元为楷模。柳州居民也相当敬重他，在他死后，还建祠祭祀。

宗元在柳州前后五年，最后死于任上，得年四十七，时元和十四年（819）十月（或说十一月）。在这五年中，宗元的健康耗损更大，甚至一度感染霍乱。亲友方面，随宗元来此地读书的堂弟宗直病逝，宗一也离别而去；宗元所抚养的甥女崔瑗病卒，次姊婿裴墐、岳父杨凭也先后亡故。这些都使得宗元十分伤感。所幸与贾鹏山人、浩初上人等高僧的交往，使其于佛理更为通透了悟，而遨游山水、莳花植木，也稍稍慰解其困顿的心灵。因此，其柳州时期的诗文在情调意境上，就比永州时期较为疏朗平淡，显示了宗元自我调适的心理过程。

宗元病重时，尝留书给好友刘禹锡、韩愈，安排自己去世后子女的抚养问题及编纂文集诸事。宗元有子、女各二人，长子周六，当时只有四岁，次子周七为遗腹子，宗元卒后所生。宗元被贬永、柳州时，颇挂念柳氏家族的香火后嗣。因为原配杨氏早亡（亡于婚后四年，时年二十三岁），所以宗元在《寄许京兆孟容书》中，屡屡以"茕茕孤立，未有子息"为念，希望能够北迁，以便"就婚娶，求胤嗣"。但宗元似乎未正式续弦。周六、周七可能是侧室所生，周七据说由韩愈抚养。柳氏一支至此，可说家道衰落，令人不胜唏嘘。宗元卒后，到了第二年的七月，始归葬于京兆万年县祖坟。系由舅弟卢遵治其丧事，桂管观察使裴立行资助归葬，韩愈为其作墓志铭。文集则由刘禹锡编纂而成，题为《河东先生集》。

二 柳宗元的文学成就

柳宗元作品类型繁多,包括诗歌、辞赋、寓言、论、说、传、山水记等各种体裁。而历代学者最看重的是宗元在议论方面的长才,韩愈《柳子厚墓志铭》就说宗元"俊杰廉悍,议论证据今古,出入经史百子,踔厉风发,率常屈其座人",此等精神形诸辞章,便构成其"雄深雅健"的文笔风格,其作品在思想层面、篇章结构、字句锻炼等方面,都有大家风范。综合学者所论,宗元文学作品的优越成就有下列几点:

(一)思想深广,统合儒佛。宗元熟读经史诸子,以儒家思想为根本,又兼学佛理,这和韩愈的排佛极为不同,但也更显现出宗元思想的活泼自由。宗元尊崇儒家学说,而他的《天说》《天爵论》《封建论》等文章,却重新厘清了历来儒家的"天人合一""圣人之道"的观念,主张"以人为本""顺人之意"。这和传统以及当时儒者的看法颇有出入,然以今观之,却相当具有自然哲学的概念,同时也较符合民主、民权的政治思想,和儒家的"仁政爱民"并不违背。宗元强调仁政爱民,还可以从《捕蛇者说》等杂文看出,在这类作品中,宗元每每借着庶民百姓指陈苛政,揭露社会的弊端,充分显露出其仁民爱物的胸怀。

在佛教思想方面,唐代文人与僧徒多有往来,特别是中唐以后,文人学佛修禅,蔚为风尚。为了佛教,宗元还曾经与韩愈辩论一番。宗元接触佛教,殆有家庭背景渊源,但他流放永州、柳州,则是促使他更深入浸淫其中的主要因素。习佛不仅使他调整了心态,从自怨自艾转为"乐住山林",体会到山水自然予人的启示与舒适,同时对他的创作也多有助益。他的诗歌,含有佛理禅机,寓言作品则无疑受到了佛经譬喻故事的启迪,类此,都使其文学思想更加深刻,也显示了文学和佛学结合的效益。

（二）文章结构谨严，讲究修辞。宗元思虑缜密，故为文极重篇章结构，用字遣词皆能与文章主旨相应。譬如其短篇议论，习用三段论的结构形式，即由立案、驳辩而至断案，论之凿凿，铿锵有力。又如《封建论》以"势"字贯穿呼应，《捕蛇者说》以"毒"字连贯全文，《始得西山宴游记》以"始"字前后呼应，可见其锻炼的功夫，也能够运用变化，形成独特风格。自韩愈称赞其文"雄深雅健，似司马子长"以来，历代古文家也多赞美有加，例如：茅坤《唐宋八大家文钞》卷首："季朴有言，柳醇正不如韩，而气格雄绝，亦韩所不及。吾尝论韩文如大将指挥，堂堂正正，而分合变化，不可端倪；柳则偏裨锐师，骁勇突击，囊沙背水，出奇制胜，而刁斗仍自森严。韩如五岳四渎，奠乾坤而涵万类；柳则峨眉天姥，孤峰蠢云，飞流喷雪，虽无生物之功，自是宇宙洞天福地。其并称千古，岂虚也哉！"其《唐宋八大家文钞·论例》："巉岩崛屼，若游峻壑削壁，而谷风凄雨四至者，柳宗元之文也。"刘熙载《艺概》："柳文如奇峰异嶂，层见叠出。所以致之者，有四种笔法：突起、纡行、峭收、缦回也。"陈衍《石遗室论文》："桐城人号称能文者，皆扬韩抑柳。望溪訾之最甚，惜抱则微词，不知柳之不易及者有数端：出笔遣辞，无丝毫俗气，一也；结构成自己面目，二也；天资高，识见颇不由人，三也；根据具，言人所不敢言，四也；记诵优，用字不从抄撮涂抹来，五也。此五者，颇为昌黎所短。"

由上引可知，一般都以韩柳并称，但桐城派古文家则较欣赏韩愈，不过茅坤仍然肯定宗元的特点，以为各有所长。而陈衍则偏向宗元，并举出五点胜过韩愈之处。由第二、三则资料，更可了解宗元古文笔法的奇峻，确有过人之处。

（三）寓言深刻，传记生动。宗元的寓言作品，由于主题深刻，比喻生动，十分脍炙人口。此类作品，古代《庄子》《孟子》早已有之，宗元秉此精神，再加上佛经譬喻故事的启发，更将寓言的艺术发挥得淋漓尽致。名篇如《黔之驴》，借"黔驴技穷"以讽刺虚张声势的人，篇中描摹老虎与驴的神情心态，更是细腻传神。这些寓言作品，不仅在写作技巧上较先秦时代的寓言故事更成熟进步，在主题思想上，更能够发挥讽喻现实、提示人生哲理的作用。宗元的寓言作品，当是中国寓言文学史上的重要一环。

广义的传记可包括：墓志、行状、碑传等。宗元的文集中，约有七十多篇此类作品。但此类作品大多系应酬人情之作，为达官贵人作传，少见精彩的描述。倒是像《梓人传》《种树郭橐驼传》《童区寄传》这类颇似传奇小说的作品，更引人入胜。这些作品的主角，皆是平民百姓，名不见经传，但宗元用生花妙笔，为我们呈现出这些独特的人物形象。传记以记叙为主，但宗元或议论或抒情，甚至借题寓意，诸多技巧合用，反而创造出传记的变体，使传记更平易近人，也更能凸显作传者自己的心声。这一点也是宗元不可忽视的文学成就。

（四）山水游记，照耀古今。山水游记是宗元作品中尤为突出的一类，对中国游记文学的发展起着承先启后的重要作用。这类作品大多作于贬官之后的永州、柳州时期，"永州八记"尤可称为个中极品。"永州八记"诸篇的写作特点是：精心描绘各地优美景色，且能凸显各处特有的风貌；而在客观的描述山水之中，寄寓个人主观情感，更是前人少有的作法，宗元运用得相当圆熟自如。篇幅短小，文笔简洁，也是一大特色。这显示出宗元对语言的锤炼之功，以及布局谋篇的独运匠心。在永州，宗元借游览山水以抒发郁闷，而荒僻的永州山水亦因之而扬名后世，可谓相得益彰。试引述古文家对其山水游记的评赏，以明其成就：

茅坤《茅鹿门先生文集》卷五《复王旸谷乞文书》："夫古之善记山川，莫如柳子厚。子厚材固隽，然亦以朝夕钻锝、愚溪间，故得以恣其盘溪邃谷飞泉峭壁之好，而肆焉以为文。"

《茅鹿门先生文集》卷八《复陈五岳方伯书》："仆平生览古之善记佳山水，惟柳子厚为最。虽奇崛如韩昌黎，当让一步。"

《唐宋八大家文钞》卷二十三："愚窃谓：公与山川两相遭，非子厚之困且久，不能以搜岩穴之奇；非岩穴之怪且幽，亦无以发子厚之文。"

魏禧《魏叔子文集》卷八《孔正叔楷园文集叙》："五经之文，五岳也。屈原、庄周、左丘明、司马迁、班固，五丘也。天下之山必五岳五丘，非是不足名山。及读柳子厚黄溪、钴鉧潭西小丘、袁家渴诸记，则又爽然自失。其幽峭奇隽之气，未尝不与五岳、五丘并名天壤，然则先生之文之传无疑矣。"

方苞《方望溪先生全集》卷十四《游雁荡记》："永、柳诸山，乃荒陬中一邱一壑。子厚谪居，幽寻以送日月，故曲尽其形容。"

林纾《柳文研究法》："山水诸记，穷桂海之殊相，直前无古人，后无来者。昌黎偶记山水，亦不能与之追逐。古人避短推长，昌黎于此，固让柳州出一头地矣。……凡记亭台山水，有经巨人长德，营构题咏游涉之处，则后来为之记者，殊易为力。若公在永州，一荒昧不辟之区，必待芟除，其胜始出。是永州诸胜，均系诸公之一言，则非极力描摹，山容水态，亦不易流传于艺苑。集中诸文皆佳，而山水之记尤为精绝。虽大同小异，然各有经营。韩公犹望而却步，何论其它。"

三　柳宗元的诗歌艺术

柳宗元传世的诗歌作品约一百六十余首，多作于永州、柳州时期。

宗元的诗歌，虽不若古文受重视，但其五言古诗，前人称之有古朴苍茫之气，诗中所表现的幽静隐逸，可与陶渊明、韦应物等田园诗人并称。

可见宗元的诗歌作品有优越处,值得深入探讨,以下撮举几点说明:

(一)众体兼备,五古尤为突出。宗元诗歌数量不算多,但于诗歌体裁上,却相当齐备,举凡五七言古体诗、五七言绝句、律诗以及模仿《诗经》、郊庙歌辞的雅诗歌乐,都迭有佳作名篇。其古体诗,长篇者劲健悲壮、慷慨激昂,短篇者清逸疏淡、素朴简洁,最为诗家所赞赏。例如杨万里《诚斋诗话》云:"五言古诗,句雅淡而味深长者,陶渊明、柳子厚也。"刘克庄《后村诗话》云:"陶、柳诗率含蓄不尽。……韩柳齐名,然柳乃本色,诗人自渊明没,雅道俱熄,当一世竞作唐诗之时,独为古体以矫之,未尝学陶和陶,集中五言凡十数篇,杂之陶集有未易辨之者,其幽微者可玩而味,其感慨者可悲而泣也。"由此可知宗元五言古体的成就极高,直堪与陶渊明并称。

(二)题材多样,类型丰富。就题材而言,宗元诗歌固然以遣怀抒愤的作品居多,但仍有不少题材类型,显示了他广泛观察人情物理的心得。宗元嗜读经史,因此有借古讽今的咏史诗,如《咏史》《咏三良》《咏荆轲》等;他非常关怀民生,敢仗义执言,因此有反映时事的作品,如《田家三首》反映农民身受暴吏重税之苦、《古东门行》记盗杀宰相武元衡之事;又尝以寓言笔法寄托孤愤之情,因此有寓言诗,如《笼鹰词》《跂乌词》等;也有咏物抒怀的咏物诗,如《早梅》《南中荣橘柚》等;更有清幽淡远的山水诗,如千古名作《江雪》《渔翁》,其境界高邈,素为诗家所推崇;几首咏永州、柳州山水的诗,更写出当地的风土人情,可与其山水游记互相映衬。宗元重视友谊亲情,因此颇多交游唱和之作,例如与刘禹锡酬唱的《衡阳与梦得分路赠别》、送别从弟的《别舍弟宗一》等,均真情流露,毫不造作。宗元也创作了若干首雅诗歌曲,如《贞符并序》《平淮夷雅二篇》等,显现了其崇尚古代圣王,关切国运民生的胸襟识见。简言之,宗元的诗歌约可分为咏怀、咏史、时事、寓言、咏物、山水、唱和及雅诗歌曲等数类,这足以说明其创作题材的广阔,而且各类作品各有风格。

(三)言为心声,情感真挚动人。伟大的文学作品,除了形式的讲究,必有深刻的主题、感人的情志,才足以流传千古。宗元的诗歌不仅在创作形式上多方开拓,在内容上更有令人动容之处。贬谪荒陬的重大打击,使其心情苦闷,郁结难解,因此贯穿在各篇诗作中的,便是这一股悲愤愁苦的情怀。特别是在吟咏山水景物之际,往往在描绘山光水色的同时,宗元也会由外在世界而转入内心的探索。如《南涧中题》,便借着独游南涧,转出幽独孤寂的悲怀,其诗云"去国魂已游,怀人泪空垂",又"索寞竟何事?徘徊只自知"等诗句,皆是对自身遭遇的感怀,扣人心弦。《岭南江行》记元和十年(815)入桂赴柳,途中所见蛮荒风景,但结语"从此忧来非一事,岂容华发待流年"则深深流露出老来无成的落寞情绪。又如《别舍弟宗一》云"一身去国六千里,万死投荒十二年",这些诗句,句句都是肺腑之言,令人感受到孤臣孽子的困厄,而寄予无限的同情。

然而优秀的诗人也会从生活中找到调适心情的妙方,如果宗元一直自困于这种情愫,并无益于改变自己的命运,也不可能使创作艺术更上层楼。面对永州、柳州山水与奇风异俗,宗元一方面难免触景伤情,兴发思乡北归之意,但经过时间的历练,再加上学佛修道,宗元也能逐渐摆脱心中的阴霾,体悟人生的新境界,甚至可以自我解嘲,展现开朗的一面。例如写愚溪的《溪居》"闲依农圃邻,偶似山林客""来往不逢人,长歌楚天碧"等诗句,就显得比较清闲从容。而其他几首同是写愚溪的诗,如《夏初雨后寻愚溪》《雨后晓行独至愚溪北池》等,也都在寂静的景色中,透露淡泊的心志,而相对减少了几分高亢孤傲的气势。宗元于元和五年(810)秋迁居愚溪畔,恰是他在永州的后五年之开始,在心境上确实比前五年初遭贬谪时，更懂得自适自处之道。

到了柳州时期，一方面因为刺史一职可以实际做点儿事，使宗元得以发挥一些才能，树立功德；另一方面，宗元历练更久，心境更为圆融入世。因此柳州时期的诗歌作品，竟也有几首自我解嘲之作。如《种柳戏题》《柳州城西北隅种甘树》等，诗中的宗元，宛若慈蔼的长者，言语委婉亲切且风趣，相当平易近人，已不同于当年那孤愤不屈的高傲形象。这段心路历程，都是宗元的亲身经历与体会，因此无论是前期的郁结愁闷，还是后期的淡泊宁静，都是出以至诚的真心真意——这才是宗元诗歌的灵魂。

（四）并比陶谢，自成风格。最先指出宗元诗歌与陶渊明诗相似的，是宋代大文豪苏东坡（轼）。东坡晚年贬谪惠州、儋州，对于陶诗的自然平淡相当推崇，同时对于宗元的作品也相当肯定。其《东坡题跋》云："诗须要有为而作，用事当以故为新，以俗为雅。好奇务新，乃诗之病。柳子厚晚年诗颇似陶渊明，知诗病者也。"又："子厚诗在陶渊明下，韦苏州上，退之豪放奇险则过之，而温丽靖深不及也。所贵乎枯淡者，谓其外枯而中膏，似淡而实美，渊明、子厚之流是也。"外枯中膏、似淡实美，殆指陶、柳诗不以华丽字句取胜，反而在素朴的文字中，体现丰富深刻的内涵。他到儋州去时，只携陶、柳二集。

拜东坡之言所赐，此后诗家论柳诗都遵从其说。尤其是东坡说宗元诗在韦苏州（应物）之上，更抬高了宗元的地位。晋陶渊明是田园诗人的始祖，其品格高洁，诗文清雅，后世文人无出其右者；宗元得与之并比，可见其在人品、诗品双方面，都获得世人的认可。

晋谢灵运为山水诗鼻祖，陶谢并称，早已成习。南宋胡仔《苕溪渔隐丛话》引《西清诗话》云："柳子厚诗，雄深简淡，迥拔流俗，至味自高，直揖陶谢。"而元好问《论诗三十首》论陶渊明、柳宗元，也是将二人及谢灵运互相比拟,例如:"一语天然万古新,豪华落尽见真淳。南窗白日羲皇上,未害渊明是晋人。"此诗下自注:"柳子厚,晋之谢灵运;陶渊明,唐之白乐天。"又:"谢客风容映古今,发源谁似柳州深?朱弦一拂遗音在,却是当年寂寞心。"自注:"柳子厚,宋之谢灵运。"按,谢灵运的山水诗清新自然,如出水芙蓉,有浑然天成的气韵。但谢灵运身遭贬谪,乃寄情山水以忘忧,故诗中仍难掩寂寞心情。这或许正是宗元与之相似的地方。近人陈衍《石遗室诗话》更指出,宗元不仅五言诗刻意学陶、谢,其制题方式,亦宗法谢灵运,如《湘口馆潇湘二水所会》《登蒲洲石矶望横江口潭岛深迥斜对香零山》等题,都仿自谢灵运诗长题如小序的作法。就此而言,宗元诗与谢诗,应该是在内容精神上与形式技巧上都有相似相仿,且足可与之相提并论的成绩。

然而宗元的个性、处境毕竟与陶谢二人不同。比之陶渊明,宗元可能缺少几分恬淡,而多出几分孤愤哀怨;比之谢灵运,宗元的处境更加困苦,因此同是山水游历之作,宗元抒情遣怀的成分更浓,显得更加峻峭深沉,不如谢诗的清丽。因此也有论者以为宗元诗歌更近屈原的《离骚》,例如清沈德潜《唐诗别裁》即云:"柳诗长于哀怨,得骚之余意。"汪森《韩柳诗选》则云:"柳先生诗,其冲淡处似陶,而苍秀处则兼乎谢。至其忧思郁结,纤徐凄婉之致,往往深得于楚骚之遗。"这个说法,今人王国安《柳宗元诗笺释》也是相当赞同的。

总而言之,宗元诗歌虽有所祖述,无论是田园山水派的陶谢,还是忠愤含悲的逐臣屈原,都应该只是其中的一环,加上宗元个人的性情襟抱、人生历练以及在创作上的努力经营,才构成宗元个人的诗歌艺术,形成其个人独特的风格。犹如其《江雪》诗:"千山鸟飞绝,万径人踪灭。孤舟蓑笠翁,独钓寒江雪。"在空廓寂寥的天地中,独钓江雪的蓑笠翁,正是宗元清高孤傲的自我写照,无人可以取代。

四　本书体例说明

本书以柳宗元诗歌作品为材料，对其加以注解赏析，希冀由此而表彰其诗歌艺术，让读者在熟知这位古文家、山水游记大师的基础之上，认识宗元内心更细腻幽微的一面，进而可以涵泳其诗歌意境，以阐发潜德之幽光。

刘禹锡编的《河东先生集》，共三十卷，北宋时已很少流传。今所见的四十五卷本，系经过北宋人穆修所校订的本子。而刊刻流传的版本，则以《新刊增广百家详补注唐柳先生文集》（简称百家注本）、《五百家注柳先生文集》残本（简称五百家注本）与宋世彩堂本《河东先生集》（简称世彩堂本）为最易得，且较佳。本书所依据的是今人吴文治的点校本，就其卷四十二、四十三之诗歌作品加以注解。宗元的诗歌绝大多数收录于此二卷，卷四十三大都是在永州时所作，卷四十二则除少数篇章外，大都是诏追还京及再贬柳州后作。本书参考《柳宗元事迹系年暨资料类编》，将各篇系年排列，不能详究年代的，就以类相从，附于当年最后或卷末。全书凡注诗一百四十七首，分为三卷：卷一为贞元六年至元和四年（790~809）的诗作，约当宗元求取仕宦之初始，以至被贬永州前期。卷二为元和五年至元和九年（810~814）的诗作，约当宗元被贬永州的后期。元和五年卜居冉溪（愚溪），宗元心境略有转折，稍见平和，元和十年获诏北还，故将卷二的年代如此断限。卷三为元和十年至元和十四年（815~819），此时期宗元北还又再遭贬斥，第二次谪迁柳州刺史，直至老死。

宗元另有雅诗歌曲十余篇，见于其文集卷一。以其体制较为庞大，文字较艰涩深奥，与一般诗歌的风格不同，故暂不选注此类作品。

本书于各篇皆先引述原文；次以"题旨"说明此篇写作背景、主题；接着罗列"注解"，解释生僻字、词、句及典故，或略作语译；末则附"赏析"，以简洁文句，点出此篇精神所在，以便读者深入研析，必要时亦征引前人诗评。

本书之完成，多所借力于前贤校笺论评的成果，仅将主要参考书目胪列于后，以示敬重、不敢掠美之意也。匆促完稿，错漏在所难免，亦祈各方博雅君子不吝指正焉。

目 录

卷一（贞元六年至元和四年）

省试观庆云图诗 …………………………………………… 1

龟背戏 ……………………………………………………… 2

韦道安 ……………………………………………………… 4

浑鸿胪宅闻歌效白纻 ……………………………………… 8

行路难三首之一 …………………………………………… 10

行路难三首之二 …………………………………………… 12

行路难三首之三 …………………………………………… 14

跂乌词 ……………………………………………………… 15

笼鹰词 ……………………………………………………… 17

放鹧鸪词 …………………………………………………… 18

感遇二首之一 ……………………………………………… 19

感遇二首之二 ……………………………………………… 22

哭连州凌员外司马 ··· 23

巽上人以竹间自采新茶见赠酬之以诗 ··············· 26

巽公院五咏 ·· 28

    净土堂 ··· 28

    曲讲堂 ··· 30

    禅堂 ·· 31

    芙蓉亭 ··· 33

    苦竹桥 ··· 34

法华寺石门精室三十韵 ···································· 35

戏题石门长老东轩 ··· 39

构法华寺西亭 ·· 40

自衡阳移桂十余本植零陵所住精舍 ··················· 42

湘岸移木芙蓉植龙兴精舍 ································· 43

茅檐下始栽竹 ·· 44

初秋夜坐赠吴武陵 ··· 46

游南亭夜还叙志七十韵 ···································· 47

酬娄秀才寓居开元寺早秋月夜病中见寄 ············ 55

法华寺西亭夜饮 ··· 56

游朝阳岩遂登西亭二十韵 ································· 57

零陵赠李卿元侍御简吴武陵 ····························· 59

酬韶州裴曹长使君寄道州吕八大使因以见示二十韵一首 并序 ········ 60

湘口馆潇湘二水所会 ······································· 63

登蒲洲石矶望横江口潭岛深迥斜对香零山 ········ 64

游石角过小岭至长乌村 ···································· 65

2 | 家藏文库

觉衰	67
读书	68
咏史	70
咏三良	71
咏荆轲	73
杨白花	75
种仙灵毗	76
种术	77
种白蘘荷	79
新植海石榴	80
戏题阶前芍药	81
植灵寿木	82

卷二（元和五年至元和九年）

冉溪	84
溪居	85
闻籍田有感	86
夏初雨后寻愚溪	87
雨后晓行独至愚溪北池	88
旦携谢山人至愚池	89
雨晴至江渡	90
酬娄秀才将之淮南见赠之什	91
同刘二十八哭吕衡州兼寄江陵李元二侍御	93

弘农公以硕德伟材屈于诬枉左官三岁复为大僚天监昭明人心感悦
　　宗元窜伏湘浦拜贺末由谨献诗五十韵以毕微志 …… 95
与崔策登西山 …… 101
南涧中题 …… 103
入黄溪闻猿 …… 104
韦使君黄溪祈雨见召从行至祠下口号 …… 105
同刘二十八院长述旧言怀感时书事奉寄澧州张员外使君五十二韵
　　之作因其韵增至八十通赠二君子 …… 106
段九秀才处见亡友吕衡州书迹 …… 115
从崔中丞过卢少府郊居 …… 116
晨诣超师院读禅经 …… 117
赠江华长老 …… 118
夏夜苦热登西楼 …… 119
独觉 …… 121
首春逢耕者 …… 122
郊居岁暮 …… 123
秋晓行南谷经荒村 …… 124
中夜起望西园值月上 …… 125
零陵春望 …… 125
夏昼偶作 …… 126
江雪 …… 127
始见白发题所植海石榴树 …… 128
早梅 …… 129
南中荣橘柚 …… 130

红蕉 ………………………………………………… 131

梅雨 ………………………………………………… 132

零陵早春 …………………………………………… 133

田家三首之一 ……………………………………… 133

田家三首之二 ……………………………………… 134

田家三首之三 ……………………………………… 136

闻黄鹂 ……………………………………………… 137

渔翁 ………………………………………………… 138

饮酒 ………………………………………………… 139

掩役夫张进骸 ……………………………………… 140

春怀故园 …………………………………………… 142

卷三（元和十年至元和十四年）

离觞不醉至驿却寄相送诸公 ……………………… 143

诏追赴都回寄零陵亲故 …………………………… 144

界围岩水帘 ………………………………………… 145

过衡山见新花开却寄弟 …………………………… 146

汨罗遇风 …………………………………………… 147

朗州窦常员外寄刘二十八诗见促行骑走笔酬赠 … 148

北还登汉阳北原题临川驿 ………………………… 150

善谑驿和刘梦得酹淳于先生 ……………………… 150

清水驿丛竹天水赵云余手种一十二茎 …………… 152

李西川荐琴石 ……………………………………… 153

诏追赴都二月至灞亭上 …………………………… 154

奉酬杨侍郎丈因送八叔拾遗戏赠诏追南来诸宾二首 ……… 155

六言 ……… 156

商山临路有孤松往来斫以为明好事者怜之编竹成援遂其生植感而
　　赋诗 ……… 157

长沙驿前南楼感旧 ……… 158

衡阳与梦得分路赠别 ……… 159

重别梦得 ……… 161

三赠刘员外 ……… 162

再上湘江 ……… 163

再至界围岩水帘遂宿岩下 ……… 164

桂州北望秦驿手开竹径至钓矶留待徐容州 ……… 165

岭南江行 ……… 166

古东门行 ……… 167

答刘连州邦字 ……… 170

登柳州城楼寄漳汀封连四州 ……… 171

酬徐二中丞普宁郡内池馆即事见寄 ……… 173

酬贾鹏山人郡内新栽松寓兴见赠二首之一 ……… 173

酬贾鹏山人郡内新栽松寓兴见赠二首之二 ……… 175

雨中赠仙人山贾山人 ……… 176

殷贤戏批书后寄刘连州并示孟仑二童 ……… 177

重赠二首之一 ……… 178

重赠二首之二 ……… 179

叠前 ……… 180

叠后 ……… 181

| 铜鱼使赴都寄亲友 | 183 |

| 柳州峒氓 | 184 |

| 柳州二月榕叶落尽偶题 | 185 |

| 别舍弟宗一 | 186 |

| 奉和周二十二丈酬郴州侍郎衡江夜泊得韶州书并附当州生黄茶一封率然成篇代意之作 | 187 |

| 奉和杨尚书郴州追和故李中书夏日登北楼十韵之作依本诗韵次用 | 189 |

| 杨尚书寄郴笔知是小生本样令更商榷使尽其功辄献长句 | 191 |

| 韩漳州书报彻上人亡因寄二绝 | 193 |
  其一 193
  其二 194

| 闻彻上人亡寄杨侍郎 | 195 |

| 柳州寄丈人周韶州 | 196 |

| 登柳州峨山 | 197 |

| 得卢衡州书因以诗寄 | 198 |

| 与浩初上人同看山寄京华亲故 | 200 |

| 浩初上人见贻绝句欲登仙人山因以酬之 | 200 |

| 寄韦珩 | 201 |

| 南省转牒欲具江国图令尽通风俗故事 | 204 |

| 柳州寄京中亲故 | 205 |

| 种柳戏题 | 206 |

| 柳州城西北隅种甘树 | 207 |

| 种木槲花 | 208 |

摘樱桃赠元居士时在望仙亭南楼与朱道士同处 ……………… 209
酬曹侍御过象县见寄 ……………………………………… 210
主要参考书目 ……………………………………………… 212

卷一

（贞元六年至元和四年）

省试观庆云图诗

设色初成象，卿云①示国都。九天②开秘祉，百辟赞嘉谟③。抱日依龙衮④，非烟近御炉。高标连汗漫，迥望接虚无。裂素⑤荣光发，舒华瑞色敷。恒将配尧德，垂庆代河图⑥。

[题旨]

这是柳宗元现存最早的一首诗，作于唐德宗贞元六年（790）。时年十八，应进士举，未第；此诗即当时应考所作。宗元至贞元九年始登第；旧注以为宗元贞元五年举进士第，此诗九年所作。今人已订正其说，参见罗联添编著《柳宗元事迹系年暨资料类编》。

[注解]

①卿云：同"庆云"，五色祥云也。《汉书·礼乐志》："甘露降，庆云集。""卿"原作"庆"，见《史记·天官书》。《资治通鉴·唐纪》载，代宗大历十四年（779），泽州刺史李鹔上《庆云图》，省试所观，或即此图。

②九天：原指中央与八方，此指宫廷。

③百辟：指群臣。嘉谟：良好的谋略政策。

④龙衮：天子之服。

⑤裂素：谓以素绢作画。素，绢之精白者。

⑥"恒将"二句：意在颂扬德宗如尧帝般英明仁德，万世垂庆。河图，《易经·系辞上》："河出图，洛出书，圣人则之。"《礼记·礼运》孔颖达疏："中候握河纪：尧时受河图，龙衔赤文绿色。"河图谓圣王施政的法典。

[赏析]

这首应试诗，以工丽取胜，在对偶、用典上表现不错。首二句描述祥云聚集，预兆国运昌隆。"设色"犹言着色，点明这是一幅图画，就图赋诗。三、四句以天象喻宫廷，在富丽堂皇的九天宫殿，群臣贡献良策。五至八句，皆形容云气的动向，龙衮、御炉，借以指天子；亦即以云彩的缥缈氤氲，烘托天子的高贵气象。九、十句又回到"图"的本身，谓此图极精工，呈现祥瑞。十一句暗用《史记·五帝本纪》称尧"其仁如天，其知如神，就之如日，望之如云"之意，称颂天子。末句用"河图"典，也是以尧德颂赞天子，并呼应观"图"之旨。

唐代以诗取士，但应试诗鲜有佳作，乃因题目所限，难有高远的寄托与意境。宗元此诗亦类此。值得注意的是，诗中颇见富贵气象，与贬谪以后衰飒怨愤之风格颇有不同。

龟背戏

长安新技出宫掖，喧喧初遍王侯宅。玉盘滴沥黄金钱，皎如文龟丽秋天①。八方定位开神卦，六甲离离齐上下②。投变转动玄机卑,星流霞破③相参差。四分五裂势未已,出无入有谁能知?乍惊散漫无处所,须臾罗列已如故。徒言万事有盈虚,终朝一掷知胜负。修门象棋不复贵④,魏宫妆奁世所弃⑤。岂如瑞质耀奇文,愿持千岁寿吾君。庙堂巾笥⑥非余慕,钱刀儿女⑦徒纷纷。

[题旨]

此诗大约作于中进士后,居长安期间(贞元末)。龟背戏,其制不详,盖属弈棋之类,而棋盘画有八卦,似龟背纹,故名。诗中描写棋局胜负,瞬息万变。最后就"龟"而发议论:愿做自由自在的千年龟,也不愿成为新兴的棋艺,被贵族玩弄。

[注解]

①文龟:纹龟也。丽:附着。

②六甲:星名,《晋书·天文志》:"华盖杠旁六星曰六甲。"离离:繁盛貌。

③星流霞破:以星霞的流动变化,比喻棋子的生死胜败。

④"修门"句:谓曾经盛极一时的郢城象棋,如今不复尊贵了。修门象棋,《楚辞·招魂》:"魂兮归来!入修门些。"王逸注:"修门,郢城门也。"又:"昆蔽象棋,有六博些。"王逸注:"象牙为棋,丽而且好也。"

⑤"魏宫"句:与上句同,皆谓流行一时的棋艺,终遭后世淘汰淡忘。魏宫妆奁,《世说新语·巧艺》:"弹棋始自魏宫,内用妆奁戏。"

⑥庙堂巾笥:《庄子·秋水》:"庄子钓于濮水。楚王使大夫二人往先焉,曰:'愿以境内累矣。'庄子持竿不顾,曰:'吾闻楚有神龟,死已三千岁矣。王巾笥而藏之庙堂之上。此龟者,宁其死为留骨而贵乎?宁其生

而曳尾于涂中乎?'二大夫曰:'宁生而曳尾涂中。'庄子曰:'往矣！吾将曳尾于涂中。'"

⑦钱刀儿女：指唯利是图之辈。钱刀，钱币，汉代钱形如刀，故云。

[赏析]

　　长安最新流行的龟背棋，使得王公贵族为之着迷。柳宗元冷静旁观，描绘棋局与棋子的精美形制，又极力捕捉棋战中参差起伏、瞬息万变的情形。"玉盘滴沥""星流霞破"等语，充满想象之美。"乍惊"二句则呈现强烈的对比，令人不禁有"人生如棋局"的感慨。"徒言"二句又展现"孤注一掷"的豪情，令人为之振奋。尤可贵者，诗后半点出，一时的新宠，终遭时代淘汰，因此就算有龟的瑞质奇文，也不要羡慕那成为神龟的死龟，还是活得自由自在比较重要。末二句表达了作者要有所坚持，不与唯利是图者同流合污的志向。这虽是早期作品，但已充分透露出柳宗元孤高耿介的性格。

韦道安

　　道安本儒士，颇擅弓剑名。二十游太行①，暮闻号哭声。疾驱前致问，有叟垂华缨②。言"我故刺史，失职还西京。偶为群盗得，毫缕无余赢。货财足非吝，二女皆娉婷③。苍黄见驱逐④，谁识死与生？便当此殒命，休复事晨征"。一闻激高义，眦裂肝胆横⑤。挂弓问所往，趫捷超峥嵘。见盗寒涧阴，罗列方忿争。一矢毙酋帅，余党号且惊⑥。麾令递束缚，缳索相拄撑⑦。彼姝久褫魄，刃下俟诛刑⑧。却立不亲授,谕以从父行⑨。捃收自担肩⑩,转道趋前程。夜发敲石火⑪,山林如昼明。父子更抱持,涕血纷交零。顿首愿归货,纳女称舅甥⑫。道安奋衣去,义重利固轻。师婚⑬古所病,合姓非用兵⑭。

揭来事儒术,十载所能逞。慷慨张徐州⑮,朱邸扬前旌⑯。投躯获所愿,前马出王城⑰。辕门立奇士,淮水秋风生⑱。君侯既即世,麾下相欹倾⑲。立孤抗王命⑳,钟鼓四野鸣。横溃非所壅,逆节非所婴㉑。举头自引刃,顾义谁顾形㉒。

烈士不忘死,所死在忠贞。咄嗟徇权子㉓,翕习㉔犹趋荣。我歌非悼死,所悼时世情!

[题旨]

贞元十六年(800),徐泗节度使张建封卒。徐州军乱,行军司马韦道安为之自杀。是年,柳宗元作《曹文洽韦道安传》《韦道安诗》,以表彰道安之忠贞气节。传文已佚,集仅载其题。

[注解]

①太行:太行山,在今山西高原与河北平原间。

②"有叟"句:谓有位垂散着帽带的老人在路旁哀号,状极狼狈,故韦道安上前致问。华缨,华丽的帽带。

③"货财"二句:谓财货遭抢劫,不足吝惜,但担心自己的两个漂亮女儿也被劫持,危险重重。吝,吝啬,舍不得也。

④"苍黄"句:被强盗追赶,非常慌乱、狼狈。苍黄,同"仓皇",匆忙而慌张。

⑤"眦裂"句：形容打抱不平、义愤填膺的样子。眦，眼眶。

⑥"挂弓"六句：谓韦道安闻言之后，义愤填膺，立刻背负弓箭，直捣贼窟。盗贼聚集在山谷中，正在分赃，喧闹不已。他一箭射死贼头，其余小贼都惊惧尖叫。

⑦"麾令"二句：谓下令盗贼把人质从山谷递解上来，并抛下绳索给予支撑攀爬。麾令，指挥、命令。束缚，被捆绑的人质，即前老叟之二女。缳，两股合编成的绳子。

⑧"彼姝"二句：谓二女久被捆绑，吓得失魂落魄，只等着刀下受死。褫（chǐ），剥夺。

⑨"却立"二句：谓二女因谨守"男女授受不亲"之礼，不肯接受救援。待韦道安告以原委，将护送二人与其父相见团圆，二女才愿相从。

⑩"捃收"句：收拾财货，担在肩上出发。捃，拾也。

⑪敲石火：指火花，举烛夜行也。潘岳《河阳县作二首》其一："欻如敲石火，瞥如截道飙。"

⑫"顿首"二句：谓老叟感激韦道安相救，向之行礼，愿赠送财物，并把女儿嫁给他，以翁婿相称。古代妻父曰外舅，故舅甥指的是翁婿。

⑬师婚：《左传·桓公六年》："齐侯欲以文姜妻郑太子忽，太子忽辞。……及其败戎师也，齐侯又请妻之，固辞。人问其故，太子曰：'无事于齐，吾犹不敢。今以君命奔齐之急，而受室以归，是以师昏（婚）也。民其谓我何！'"太子忽已拒婚在前，如果又因出兵救齐而答应婚事，这将使人们以为他故作姿态，别有居心。韦道安不接受这桩事，其理亦同。

⑭"合姓"句：谓不能因为兵事而缔结婚姻，也就是指韦道安不因为救人有恩，就顺势接受这桩事。以上数句，都在赞扬韦道安施恩不望报的侠义精神。合姓，《礼记·昏义》："昏（婚）礼者，将合二姓之好。"

⑮张徐州：即徐泗节度使张建封。

⑯"朱邸"句：指贞元十三年（797）冬，张建封入京朝见天子，仪仗队伍非常壮观。朱邸，诸侯朝天子于天子所立舍，曰邸。诸侯朱户，故曰朱邸。前旌，官吏出行仪仗中前行之旗帜。

⑰"投躯"二句：谓韦道安跟随张建封入京，且在马前领军，可见他受到张建封的重用。前马，前驱，在马前也。出王城，指入京后，一同离京回到徐州。

⑱"辕门"二句：皆形容韦道安才华卓越，气节凛然。辕门，衙署的外门。淮水秋风，气骨凛然之意。

⑲"君侯"二句：指贞元十六年（800），张建封卒，部下趁机作乱。即世，去世。麾下，部下。欹倾，倾压，作乱也。

⑳"立孤"句：依《旧唐书·张建封传》，贞元十五年，张建封病危，连上表请除代。朝廷欲派任韦夏卿为徐泗行军司马，未至而张建封卒。当时徐州军乱，有五六千人带戈甲抗命，请求立张建封子张愔为留后，继任父职。朝廷无法镇压，只得同意，授愔起复右骁将军同正、兼徐州刺史。按：《新唐书·兵志》曰："方镇相望于内地，大者连州十余，小者犹兼三四。故兵骄则逐帅，帅强则叛上。或父死子握其兵而不肯代；或取舍由于士卒，往往自择将吏，号为'留后'，以邀命于朝。天子顾力不能制，则忍耻含垢，因而抚之，谓之姑息之政。"徐州军乱，或以为乃张愔暗中筹划也。

㉑"横溃"二句：谓韦道安无力阻止乱军，但逆节抗王命之事，也不能赞同。壅，塞也。婴，加也，赞同之意。

㉒"举头"二句：谓韦道安最后只好引刃自杀，保全气节。顾形，眷恋形体，指韦道安慷慨赴义，杀身成仁，不在乎自己的生命。

㉓徇权子：贪权者。徇，营求。

㉔翕习：气势威盛。

[赏析]

韦道安，史传无载。但柳宗元这首叙事诗，使我们认识了一位侠义人物。韦道安是徐泗节度使张建封的幕僚牙将，为之死节尽忠，德行令人感佩。而本诗从韦道安少年时代的英勇事迹写起，凸显他不仅勇能歼盗，而且施恩不望报，不贪图女色，尤难能可贵。秉持这种既勇且义的个性，他得以投靠张建封，并能够施展长才，成为至死忠贞不渝的典范。前人评论这首诗，多赞赏柳宗元"有良史之才，即以韵语出之，亦自须眉欲动"（贺裳《载酒园诗话又编》），或曰"通篇具史公义法"（乔亿《剑溪说诗又编》）。可见柳诗亦兼具史笔的作用。

浑鸿胪宅闻歌效白纻

翠帷双卷出倾城①，龙剑破匣②霜月明。朱唇掩抑悄无声，金簧玉磬宫中生③。下沉秋火激太清，天高地迥凝日晶④。羽觞荡漾何事倾⑤？

[题旨]

这是柳宗元在浑宅观赏歌舞之后，仿效吴地民歌《白纻》所作的诗。推测大约是在贬官永州之前的作品，或可定为永贞元年（805）九月前所作。

浑鸿胪，当指浑鐬。刘禹锡有《送浑大夫赴丰州》诗，浑鐬官拜鸿胪寺卿，柳宗元也可能与之熟识。鸿胪寺，官署名，设卿一员、少卿一人，掌宾客及凶仪之事，襄助国家庆典仪礼者。白纻，白纻舞，吴地流行的歌舞。今存《白纻曲》辞乃为七言，但句数多寡不一。

[注解]

①倾城：形容舞者美艳动人。《汉书》李延年歌："北方有佳人，绝世而独立。一顾倾人城，再顾倾人国。"

②龙剑破匣：形容月光皎洁。龙剑，宝剑名。《豫章记》记载雷焕尝得玉匣二剑，匣开，剑光耀眼，焕若电发。雷焕一剑留予自用，一剑进予张华。二剑先后入水，化为龙而去。

③"朱唇"二句：形容歌舞美妙动人。"朱唇"句，形容舞者的表情美好、舞姿轻盈曼妙。后一句谓音乐美妙，宛如在天子的皇宫才听得到。

④"下沉"二句：皆形容秋景，秋气爽朗，秋日高远。秋火，指时序入秋。火，心宿，入秋偏西而渐秋，故云下沉火。太清，元气之清者，指秋高气爽。日晶，通"日精"，指太阳。

⑤"羽觞"句：谓酒杯摇晃，为何而倾心、醉心呢？羽觞，上缀羽毛的酒杯。

[赏析]

这首诗表现歌舞升平、赏心乐事的气氛，于柳诗难得一见。首二句描写佳人出帘歌舞，和皎洁的月光互相辉映。三、四句继续形容舞者的曼妙，与乐曲的动听，颇有"人间难得几回闻"的意思。末三句点明在秋高气爽的季节欣赏美妙的歌舞，诚为赏心乐事，令人不禁饮酒连连，享受这美好的一刻。

行路难 三首之一

君不见,夸父逐日窥虞渊①,跳踉北海超昆仑②。披霄决汉出沆漭③,瞥裂左右遗星辰④。须臾力尽道渴死,狐鼠蜂蚁争噬吞。北方竫人⑤长九寸,开口抵掌⑥更笑喧。啾啾饮食滴与粒⑦,生死亦足终天年。睢盱⑧大志小成遂,坐使儿女相悲怜。

[题旨]

这一组诗,多方譬喻,意在讽谏,盖为贬永州后所作也。可系于宪宗元和元年(806),柳宗元三十四岁时。第一首谓志大如夸父者,竟不免渴死,反不如北方之矮人,亦足终天年也。

[注解]

①夸父:神话中的巨人,追日渴饮而死。《山海经·大荒北经》:"大荒之中,有山名曰成都载天。有人珥两黄蛇,把两黄蛇,名曰夸父。……夸父不量力,欲追日影,逮之于禺谷。将饮河而不足也,将走大泽,未至,死于此。"禺谷,同"隅谷",虞渊也,日所入处。《山海经·海外北经》亦载:"夸父与日逐走,入日;渴,欲得饮,饮于河、渭。河、渭不足,北饮大泽。未至,道渴而死,弃其杖,化为邓林。"

②"跳踉"句:极力形容夸父志向远大,行动超越四方。踉,跳动的样子。北海,泛指北方极远处。昆仑,泛指西北荒远处。

③"披霄"句:亦形容夸父志向高远,冲破云霄。霄、汉,俱指天

上。沆漭，谓茫茫云气。

④"瞥裂"句：意谓行动快速，把宇宙星辰都抛诸左右。瞥裂，犹言撇冽，迅疾貌。

⑤竫人：或作靖人。《山海经·大荒东经》："东海之外，有小人国，名靖人。"郭璞注："《诗含神雾》：'东北极有人长九寸'，殆谓此小人也。"

⑥抵掌：击掌，拍手也。

⑦"啾啾"句：形容此矮人食量极小，暗喻其志卑下。但讽刺的是，它却能终享天年。啾啾，鸟鸣声，借指其饮食似鸟雀，只须滴水粒米。

⑧睢盱（huī xū）：向上看的样子，比喻悲慨愤激。

[赏析]

唐顺宗永贞元年（805），柳宗元坐王叔文党，九月被贬为邵州刺史，十一月再被贬为永州司马。韩愈《永贞行》云："君不见太皇谅阴未出令，小人乘时偷国柄。……惸惸朝士何能为，狐鸣枭噪争署置，睒睗跳踉相妩媚。……数君匪亲岂其朋。郎官清要为世称，荒郡迫野嗟可矜。……"可略窥其时小人当道，叔文党人受迫害的情形。永贞之前，柳宗元的仕途可谓一帆风顺，贞元二十一年（805）已擢升礼部员外郎。是年正月，德宗崩，顺宗继位。柳宗元仍受重用，并成为以王叔文、韦执谊为首的改革派的一员。孰料因宦官互相倾轧，拥立宪宗的这派当道，因此在同年八月，顺宗禅位，改元永贞。接着宪宗即位，并开始铲除叔文党人势力，凡坐罪者皆遭贬谪。本欲在政治上施展抱负的柳宗元，也一贬再贬，由永州到柳州，身处偏远瘴疠之地，形同阶下囚，昔日豪情壮志，终归灰飞烟灭！知此背景，方知此诗以巨人夸父自喻的含意。但夸父壮志未酬渴饮而死，竟不如九寸小矮人终享天年，岂不是一大讽刺？"忧心悄悄，愠于群小"，这正是仁人君子最大的悲愤啊！

行路难 三首之二

虞衡斤斧罗千山①,工命采斫杙与橡②。深林土剪③十取一,百牛连鞅摧双辕④。万围千寻⑤妨道路,东西蹶倒山火焚。遗余毫末不见保⑥,蹒跞涧壑⑦何当存?群材未成质已夭,突兀峥嵘空岩峦⑧。柏梁天灾武库火⑨,匠石狼顾相愁冤⑩。君不见,南山栋梁益稀少,爱材养育谁复论!

[题旨]

写作背景同前。本篇谓人才众多,而国家不能爱养,逮天下多事,则狼顾而叹无可用之才。盖痛惜同辈诸公一时贬黜也。

[注解]

① "虞衡"句:意谓官方派众人上山伐木取材。虞衡,掌山林之官。掌山泽者谓之虞,掌川林者谓之衡。

② "工命"句:意谓无论木材粗细,都加以砍伐。杙,小木桩。橡,大柱子。

③ 土剪:齐土截砍。

④ "百牛"句:谓载运木材的牛车众多,而且运量繁重,几乎摧断牛车的辕木。鞅,套在马腹用以拖车的皮带。辕,车前用以套驾拖车的两木。

⑤ 万围千寻:累计砍伐的木材数量,极言伐木之多。围,直径一尺为

围。寻,八尺为寻。

⑥"遗余"句:谓山林砍伐殆尽,连小树苗都不放过。毫末,指幼小的树苗。《老子》:"合抱之木,生于毫末。"

⑦蹦跞涧壑:生长在溪涧山谷的树木,都被砍伐。蹦跞,践踏辗压也。跞,走动。

⑧"突兀"句:谓群木伐尽,空余山岩耸立。峥(xiāo)豀,高峻貌。峥,同"廖"。

⑨"柏梁"句:谓山林大遭砍伐,如同史上的柏梁台天灾、武库大火,使历代珍宝,一时荡尽。暗喻此次叔文党人连坐同贬,将使国家丧失众多人才。柏梁天灾,《汉书·五行志》:"(武帝)太初元年十一月乙酉,未央宫柏梁台灾。"武库火,《晋书·惠帝纪》:"(惠帝元康五年)冬十月,武库火,焚累代之宝。"

⑩"匠石"句:谓良木砍伐殆尽,若匠石再世,见此惨状,一定也再三回顾,为之同愁含悲。匠石狼顾,匠石,古代工匠名石,善于伐木取材。见《庄子·人间世》。狼顾,狼性多疑,走常返顾,此即指回顾也。

[赏析]

讽喻诗贵乎意在言外。本篇自始至终皆就山林保育而论,但痛惜之情,溢乎言表。首二句"虞衡""工命"之语,暗示朝廷政策失当,所以才会竭泽而渔般把大小木材通通砍伐下来。由此可以想见,此次叔文党事,牵连多少有志之士!一旦群小坐大,又有谁可以与之抗衡?从这首诗可以了解柳宗元贬谪永州初期的心情,充满了挫折、愤激,更痛惜朝政昏暗,明主不知爱才、惜才。

行路难 三首之三

飞雪断道冰成梁,侯家炽炭雕玉房①。蟠龙吐耀虎喙张,熊蹲豹踯争低昂②。攒峦丛崿射朱光,丹霞翠雾飘奇香。美人四向回明珰③,雪山冰谷晞太阳。星躔奔走不得止,奄忽双燕栖虹梁。风台露榭生光饰,死灰弃置参与商④。盛时一去贵反贱,桃笙葵扇安可当⑤!

[题旨]

写作背景同前。本篇谓物适其时则无有不贵,及时异事迁,则贵者反贱。盖自伤其前日居朝为官,而今日遭贬黜之意也。

[注解]

①"飞雪"二句:谓严冬酷雪时,王侯之家烧炭取暖。雕玉房,以雕玉饰房也,极言其富丽。

②"蟠龙"二句:古者屑炭有作兽形,龙虎熊豹,皆言炭之形也。

③明珰:耳环。

④"死灰"句:意谓木炭燃烧过了,炭屑就被人铲除丢弃得远远的,不再珍贵。参、商,星宿名,比喻相去之远。

⑤"桃笙"句:即谓物得其时,则贵重无比,一旦事异境迁,则贵者反贱。桃笙,桃枝簟。葵扇,蒲葵扇。《晋书·谢安传》载,谢安执蒲葵扇,一时蔚为风雅,京师士庶竞市,价增数倍。

[赏析]

怀才不遇，是中国士人常见的悲情。柳宗元此诗，以炭为喻，说明炭火散发光热时，人人称奇赞赏，一旦燃烧殆尽，炭灰随即被人扫除，不复被人珍惜。这好比士人得志时，意气风发，正可以大展宏图。一旦遭受挫败，时不我与，便形同敝屣，乏人问津。怀才不遇之悲慨，隐约可见。末二句点明题旨，"盛时一去贵反贱"更充满"秋扇见捐"的悲凉。这三首《行路难》词情悲切，恰可代表柳宗元初谪永州的心境。

跂乌词

城上日出群乌飞，鸦鸦①争赴朝阳枝。刷毛伸翼和且乐，尔独落魄今何为？无乃②慕高近白日，三足③妒尔令尔疾？无乃饥啼走路旁，贪鲜攫肉人所伤？翘肖独足下丛薄④，口衔低枝始能跃。还顾泥涂备蝼蚁，仰看栋梁防燕雀。左右六翮⑤利如刀，踊身⑥失势不得高。支离无趾犹自免，努力低飞逃后患⑦。

[题旨]

此诗作于初谪永州时。连同以下《笼鹰词》《放鹧鸪词》，皆以自况。跂乌，一足乌也，跛脚的乌鸦，以此比喻己身处境卑下，身心耗弱，苟延残喘。

[注解]

①鸦鸦：乌鸦的叫声。

柳宗元诗选 | 15

②无乃：推测的语气，相当口语的"只怕"。

③三足：三足乌。相传日中有三足乌。

④丛薄：草丛。《淮南子·俶真训》："鸟飞千仞之上，兽走丛薄之中。"高诱注："聚木曰丛，深草曰薄。"由此可知跂乌无法高飞，只能在低处徘徊。

⑤六翮：指鸟类双翅中的正羽。

⑥踊身：跳跃。

⑦"支离"二句：意谓如支离、无趾者，都知道保全自己的生命，跂乌也将明哲保身，逃过后患。支离、无趾，皆庄子书中的异人。支离，似今之鸡胸驼背者，因其形体不全而得以终其天年。无趾，跛脚者，尝对孔子说，他将记取前次断脚的教训，以求保全余年的生命。（见《庄子·人间世》及《庄子·德充符》）

[赏析]

这是以寓言体写成的诗，尤其是借用《庄子》典故，更见其用意。跂乌，代表失意挫折，却又卓尔不群的人。当其他乌鸦都纷纷飞向高处，以便获得阳光照拂，并且互相依偎、和乐融融时，跂乌反而落魄独行，不随意附和众人。朝阳、白日，在古诗中都是天子的代称，因此可知柳宗元比喻自己被群小妒嫉、远离君王的抑郁心情。运用日中三足乌的传说，更斥讽那些君王身边的得势小人。篇中描写跂乌处处碰壁，危机四伏，蝼蚁、燕雀，都可能是它的敌人。但跂乌已欲振乏力，在此境况下，柳宗元只能以《庄子》的支离、无趾自勉，虽然形残、不为世所容，也要自我保全。末句言"努力低飞逃后患"，尤见隐忍苟活的黯淡心境。

笼鹰词

凄风淅沥飞严霜①，苍鹰上击翻曙光。云披雾裂虹蜺断②，霹雳掣电捎平冈③。㰒然④劲翮剪荆棘，下攫狐兔腾苍茫。爪毛吻血百鸟逝⑤，独立四顾时激昂。炎风溽暑忽然至，羽翼脱落自摧藏⑥。草中狸鼠足为患，一夕十顾惊且伤。但愿清商复为假⑦，拔去万累⑧云间翔。

[题旨]

初贬永州所作之诗，以笼鹰自比，感叹羽毛脱落，不能翱翔。唯恐狸鼠偷袭伤害，但盼秋来羽丰满，重新振翅高飞。

[注解]

①"凄风"句：形容秋天景象。凄风，秋风。淅沥，形容风声。

②"云披"句：谓苍鹰振翅高飞，气势凌厉，仿佛可以分云裂雾，震断彩虹。虹蜺，彩虹。蜺，同"霓"，虹的外圈。

③"霹雳"句：谓苍鹰飞行之迅速，犹如雷电掠过平原。捎，拂也。

④㰒（xū）然：形容鹰羽劈剪荆棘之声。㰒，状声词。

⑤"爪毛"句：谓苍鹰攫掠狐兔及各种禽鸟，都相当准确利落。吻，鸟喙。

⑥摧藏：自我抑挫之貌。按，鹰入夏即脱毛入笼，至秋日长满新羽毛，才能出笼高飞。因此说笼鹰有自惭形秽、抑郁不乐的神情。

⑦"但愿"句：谓盼望秋风吹起，再作为高飞的凭借。清商，秋风也。假，因也，凭借之意。

⑧万累：或作万里，意谓高飞万里。

[赏析]

鹰是百鸟之王，锐利的眼神，矫捷的身手，使它傲视群伦，具有不可一世的恢宏气度。柳宗元以鹰自比，尤能显示其正当壮年，意图经世济民的远大理想。因此本诗一至八句，说的都是鹰的雄姿英发、高昂超凡的气势。可惜，迫于时势，入夏以后，鹰的羽翼脱落，被关入笼中休养生息，以待来日。后六句的惨淡，恰与前半部分成对比，为柳宗元遭谪贬后的心境，不免长吁短叹。本诗似在咏物，但慷慨激昂，颇见弦外之音。

放鹧鸪词

楚越有鸟甘且腴，嘲嘲自名为鹧鸪。狥媒①得食不复虑，机械潜发罹罝罦②。羽毛摧折触笼御③，烟火煽赫惊庖厨④。鼎前芍药调五味⑤，膳夫攘腕左右视。齐王不忍觳觫牛⑥，简子亦放邯郸鸠⑦。二子得意犹念此，况我万里为孤囚？破笼展翅当远去，同类相呼莫相顾。

[题旨]

本诗因笼中鹧鸪起兴，哀怜其将必死，因此放之远去。亦以此自伤为万里孤囚，情意凄凉。

[注解]

①徇媒：以活鸟为饵，诱捕鹧鸪。媒，指用以诱捕他鸟之活鸟。
②"机械"句：谓设陷阱网罗鹧鸪。罝罘（jū fú），捕鸟兽的网。
③笼御：鸟笼。
④惊庖厨：指鹧鸪惊见己身处于庖厨。
⑤"鼎前"句：谓在锅中投入芍药调味，以便烹煮鹧鸪。芍药，植物名，可作香料。
⑥"齐王"句：《孟子·梁惠王》："王坐于堂上，有牵牛而过堂下者，王见之，曰：'牛何之？'对曰：'将以衅钟。'王曰：'舍之！吾不忍其觳觫，若无罪而就死地。'"觳觫，恐惧颤抖貌。
⑦"简子"句：《列子·说符》："邯郸之民以正月之旦献鸠于简子，简子大悦，厚赏之。客问其故，简子曰：'正旦放生，示有恩也。'"

[赏析]

初贬永州的柳宗元，其心境可谓悲苦交加，因此当他看到笼中鹧鸪鸟，即将沦为人的腹中物，不禁兴起悲悯之心。凡是飞鸟，都应该在天空自由飞翔，怎忍心见它误触网罟，就成为鼎中美食？诗的后半以齐王、简子放生的故事，表明自己也有仁慈之心。只是"万里为孤囚"之语，又暗暗透露远谪僻壤的幽怨：我放走鹧鸪，谁又能让我也"破笼展翅"呢？与前两首诗比较，本篇流露出柳宗元内心软弱的一面，使人更同情其遭遇。

感遇 二首之一

西陆①动凉气，惊乌号北林②。栖息岂殊性，集枯安可任③！鸿鹄去不返，勾吴阻且深④。徒嗟日沉湎，丸鼓骛奇音⑤。东海久摇荡，南风已骎骎⑥。坐使青天暮，小星愁太阴⑦。众情嗜奸利⑧，居货捐千金⑨。危根一以振，齐斧来相寻⑩。揽衣中夜起，感物⑪涕盈襟。微霜众所践，谁念岁寒心⑫？

[题旨]

这是作者被贬永州时的作品，但语气已较和缓，不似《跂乌词》《笼鹰词》之直抒愤激者，故应是到任永州一段时间后所作，系于宪宗元和元年（806）冬之前。

[注解]

①西陆：《隋书·天文志》："日循黄道东行，一日一夜行一度，三百六十五日有奇而周天。行东陆谓之春，行南陆谓之夏，行西陆谓之秋，行北陆谓之冬。"陆，道也。日行西陆，指秋季。

②"惊乌"句：谓乌鹊受秋凉之气惊动，在北林啼叫。号，啼叫。北林，北方的枯枝。

③"栖息"二句：谓这只特别有警觉性的乌鹊，不像众鸟集于茂林，却独自栖息在枯枝上。用以比喻自己的卓尔不群。

④"鸿鹄"二句：意谓鸿鹄一去千里，阻隔遥远，只剩下这只独行的乌鹊。勾吴，《史记·吴太伯世家》："太伯之奔荆蛮，自号勾吴。"《史记正义》引宋忠世本注云："勾吴，太伯始所居地名也。"

⑤"徒嗟"二句：谓时日推移，只能感叹夕阳西沉，鼓声传来奇音。丸鼓，《汉书·史丹传》："（元帝）留好音乐，或置鼙鼓殿下，天子自临轩槛上，隤铜丸以擿鼓，声中严鼓之节。"

⑥"东海"二句：亦谓旷日废时，虚度光阴。东海摇荡，以海面波

涛起伏喻时间消逝。南风骎骎，南风如快马飞逝，亦象征时间消逝。

⑦"坐使"二句：暗喻朝政黑暗，小人干扰政局。坐使，致使。青天，比喻天子。小星，《诗经·召南·小星》："嘒彼小星，三五在东。"喻宦官干扰政局。太阴，指月亮。三五小星干扰月亮的洁白，如小人当道，压抑忠臣。

⑧"众情"句：意谓众人贪财好利，贪生怕死。

⑨居货：语出《史记·吕不韦传》。吕不韦见在赵国为人质的秦庄襄王（子楚），以为可加以利用，说他是"奇货可居"。这里指众人唯利是图，只要看到有利益的，就不惜千金以求，以便将来可以回收更多。

⑩"危根"二句：倾斜的树木才被扶直，利斧就来砍斫。危根，危木，将要倾倒之木。齐斧，利斧也。合上二句，众人只要见到有利可图的，就趋之若鹜，交相争利。

⑪感物：感时伤物，意谓感触良多。

⑫"微霜"二句：谓秋日微霜，众人都践履其上，但有谁联想到寒冬将至，谁能感知松柏岁寒后凋之心呢？岁寒心，《论语·子罕》："岁寒，然后知松柏之后凋也。"用以比喻自己的忠贞气节。

[赏析]

感遇诗，多借外物言寄托。这首诗先构设秋凉萧飒的氛围，以乌鹊惊号北林枯枝，表现一己悲凉的心境。末又以松柏岁寒后凋自比，更可了解柳宗元高洁的品格。全篇以秋凉起，扣紧时序与时间的递移，令人备感在寂寥的时光中，眼见朝政崩坏，忠臣无力回天的无奈。今学者王国安《柳宗元诗笺释》以为此诗暗指顺宗禅位，宪宗继位，阉宦干政的情形，或可聊备一说。

感遇二首之二

旭日照寒野,鸒斯①起蒿莱②。啁啾有余乐,飞舞西陵隈③。回风④旦夕至,零叶委陈荄⑤。所栖不足恃,鹰隼纵横来。

[题旨]

描写小乌鸦群聚飞舞,其乐融融。但此乐终不久长,一旦鹰隼降临,小乌鸦就会遭受攻击,四处溃逃。回风、鹰隼,皆暗指突来的劫运,使自己与同道者黜谪远方。

[注解]

①鸒(yù)斯:鸒,鸟名,鹎鶋也,乌鸦的一种,小而多群,腹下白。或称寒鸦。斯,语气词。

②蒿莱:杂草。

③隈:山、水等弯曲的地方。

④回风:旋风。

⑤陈荄(gāi):陈腐之草根也。荄,草根。

[赏析]

合前首诗来看,本诗更流露出遭贬谪后的悲切情绪。在群鸟相聚融洽时,孰料飙风突然而至,吹落黄叶草根,让众鸟顿失所依。而凶猛的鹰隼,更是张牙舞爪,威胁着它们的性命。这仿佛是柳宗元及叔文党人的命运写照,读来慷慨有余哀。

哭连州凌员外司马

废逐人所弃，遂为鬼神欺①。才难不其然，卒与大患期②。凌人古受氏，吴世夸雄姿③。寂寞富春水，英气方在斯④。六学诚一贯，精义穷发挥⑤。著书逾十年，幽赜靡不推⑥。天庭掞高文，万字若波驰⑦。记室征西府，宏谋耀其奇⑧。轺轩下东越，列郡苏疲羸⑨。宛宛凌江羽，来栖翰林枝⑩。孝文留弓剑⑪，中外方危疑。抗声促遗诏，定命由陈辞⑫。徒隶肃曹官，征赋参有司⑬。

出守乌江浒，老迁湟水湄⑭。高堂倾故国，葬祭限囚羁。仲叔继幽沦，狂叫唯童儿⑮。一门既无主，焉用徒生为！举声但呼天，孰知神者谁？泣尽目无见，肾伤足不持⑯。溘死⑰委炎荒，臧获守灵帷。平生负国谴，骸骨非敢私⑱。盖棺未塞责，孤旐凝寒飔⑲。

念昔始相遇，腑肠为君知。进身齐选择，失路同瑕疵⑳。本期济仁义，今为众所嗤。灭名竟不试，世义安可支！恬死百忧尽，苟生万虑滋。顾余九逝魂，与子各何之？我歌诚自恸，非独为君悲！

[题旨]

元和元年（806）冬，连州司马凌准卒。（据罗联添《柳宗元事迹系年暨资料类编》）柳宗元与之交情深厚，故为其作墓志，又作诗哀悼，并以自伤。凌准，字宗一，杭州富阳人。小宗元三岁，相交甚笃，均为叔文党人，坐罪而贬谪荒陬，并"有道而不明白于天下"。凌准被贬连州未及一年

柳宗元诗选 | 23

而卒,年方三十一,英年早逝,对宗元打击甚大,诗曰"我歌诚自恸,非独为君悲",见其伤恸至极。

[**注解**]

①"废逐"二句:谓贬黜之人为世人唾弃,也被鬼神欺侮。盖感叹凌准英年早逝。

②"才难"二句:谓人才难得,岂不是这样的吗?像凌准这位英才,竟遽然死亡。才难,人才难得之意。大患,谓死亡。

③"凌人"二句:谓凌氏家世久远,在三国时代就出现凌统这位英雄人物。凌人,《周礼·天官·冢宰》:"凌人掌冰。"上句述凌姓由来,以古官名为姓氏。吴世,《三国志·吴书·凌统传》:"凌统,字公绩,吴郡余杭人也。……权以统为承烈都尉,与周瑜等拒破曹公于乌林,遂攻曹仁,迁为校尉。虽在军旅,亲贤接士,轻财重义,有国士之风。"

④"寂寞"二句:寂寞,谓凌统之后无可称扬之人,唯有凌准承继这股英气。富春,晋朝时改称富阳,即凌氏之籍贯。在斯,谓在凌准也。

⑤"六学"二句:指凌准精通各种经典,学问渊博。六学,六艺。

⑥"著书"二句:谓凌准著述甚多,于经典幽深奥妙之理,无不精心推求。按,柳宗元所作《故连州员外司马凌君权厝志》云,凌准著《汉后春秋》二十余万言,又著《六经解围人文集》未就。

⑦"天庭"二句:《故连州员外司马凌君权厝志》云:"年二十,以书干丞相。丞相以闻,试其文,日万言,擢为崇文馆校书郎。"

⑧"记室"二句:德宗建中四年(783)八月,泾原节度使姚令言反,推朱泚为主。凌准于时佐邠宁节度使韩游瓌征讨朱泚有功。记室,节度使之幕僚,掌书记之职。西府,谓泾原节度使,治于今甘肃泾川县。

⑨"轺轩"二句:邠宁府丧,凌准罢职为浙东廉使判官,抚循疲羸,

按验污吏，吏民敬爱。辀轩，天子之使臣。东越，即浙东也。苏，抚育、化育。疲羸，指民生疾苦。

⑩"宛宛"二句：谓凌准在浙东名闻于上，召为翰林学士。宛宛，屈伸也，形容鸟之回旋翻飞貌。凌江羽，喻凌准。

⑪"孝文"句：谓德宗皇帝驾崩。孝文，德宗谥号。留弓剑，代称皇帝驾崩。

⑫"抗声"二句：《故连州员外司马凌君权厝志》："德宗崩，迩臣议秘三日乃下遗诏，君独抗危词，以语同列王伾，画其不可者十六七，乃以旦日发丧，六师万姓安其分。"由此可见凌准不同声附和，个性狷介。

⑬"徒隶"二句：凌准任侍御史，整肃政风。又任尚书郎，杜防贪污奸利。

⑭"出守"二句：永贞元年九月，凌准坐王叔文党，出为和州刺史，后又降连州司马。乌江，即和州也。浒，水涯。湟水，连州也。

⑮"高堂"四句：说明凌准丧母，因贬黜有罪，不得归家奔丧。后二弟亦卒，家中唯闻稚子哭号。高堂，谓其母。仲叔，谓其二弟。凌准有二子。

⑯"一门"六句：皆说明凌准遭此家变，呼天抢地，伤心欲绝。眼睛哭瞎了，身体也搞坏了。

⑰溘死：突然死亡。

⑱"平生"二句：谓凌准生前遭受贬谪，为有罪之人，故不敢私心乞求其骸骨归葬。国谴，指坐罪贬黜事。

⑲"盖棺"二句：谓凌准虽已死亡，但贬谪之罪仍未洗脱。望着那引道的魂幡，正凝聚着寒风习习！旐，长八尺的黑色魂幡，出丧时为棺柩引道用。飔，轻风也。这里为老友打抱不平，至此仍未能还其清白名声，因此更觉寒风袭人，飘扬的招魂旗仿佛有诉不尽的哀凄。

⑳ "失路"句：谓二人失意时，同陷乱党罪名。本段感慨二人相遇相知，进退同时，本欲匡世济民，却落得罪人下场，不禁悲从中来，同声而哭也。

[赏析]

　　这一首悼亡诗，有着"同是天涯沦落人"的哀恸。凌准与柳宗元互为知己，进退同时，允为生死之交。因此当凌准被贬连州不到一年就死了时，贬谪永州的宗元，又怎能不怵目惊心呢？既是生死之交，当有相似的命运，"顾余九逝魂，与子各何之？我歌诚自恸，非独为君悲"！从此天人永隔，以己待罪之身，又能苟延残喘到几时呢？昔阮籍有穷途末路之哭，宗元为知己歌哭，其实也正是为前途之渺茫，长歌当哭也！全篇以"天妒英才"为发端，历叙凌准家世、先祖及其仕宦功业，彰显亡友的才德。次叙遭贬谪之后的悲惨运途，母亡弟丧之恸，尤令人动容。而身后犹未能恢复令名，最令送丧者感慨。末则吐露肺腑之言，同悲共感，诚为情文并茂之作也。

巽上人以竹间自采新茶见赠酬之以诗

　　芳丛翳湘竹①，零露凝清华②。复此雪山客③，晨朝掇灵芽④。蒸烟俯石濑，咫尺凌丹崖。圆方丽奇色，圭璧无纤瑕⑤。呼儿爨金鼎⑥，馀馥延幽遐。涤虑发真照，还源荡昏邪。犹同甘露饭，佛事薰毗耶⑦。咄此蓬瀛侣，无乃贵流霞⑧。

[题旨]

柳宗元被贬永州的头两年，寄居于龙兴寺。与巽上人重巽交游，始有得于佛理。有《永州龙兴寺西轩记》《永州龙兴寺修净土院记》等作品，龙兴寺诸诗亦应作于此时（元和一、二年间）。本诗因获赠新茶而作，可窥二者君子之交的雅淡情谊。上人，谓在人之上，本佛教称有智、德、善行者，后遂用以称僧徒。

[注解]

①"芳丛"句：谓竹下之茶丛。古人以为竹间茶最佳，禹锡《西山兰若试茶歌》："阳崖阴岭各殊气，未若竹下莓苔地。"芳丛，茶树丛。刘禹锡《西山兰若试茶歌》："自傍芳丛摘鹰嘴，斯须炒成满室香。"翳，蔽也。

②"零露"句：意谓叶尖沾着露珠，仿佛凝聚了天地精华。

③雪山客：释迦牟尼曾于雪山修行，此指巽上人。

④掇灵芽：采摘茶叶。掇，采也。灵芽，茶芽，茶叶以小芽为上品，而且必在清晨，日出之前采摘，故曰一晨朝。

⑤"圆方"二句：谓所采茶叶品质良好。圆方，竹器也，圆曰筥，方曰筐。圭璧，玉器也，借指新茶叶之完好。纤瑕，微小的瑕疵。

⑥"呼儿"句：意谓唤小童煮茶。爨，举火为炊事。鼎，锅鼎。唐人煮茶，今人乃以冲、泡。

⑦"犹同"二句：《维摩诘经所说经下·香积佛品》："时，化菩萨以满钵香饭与维摩诘，饭香普薰毗耶离城及三千大千世界。……时，维摩诘语舍利弗等诸大声闻：仁者可食，如来甘露味饭。大悲所薰，无以限意食之，使不消也。"此二句意谓茶香荡漾，沁人心脾，宛如佛家所赐甘露

味饭,久久不匮乏,清香盈室。

⑧"无乃"句:《论衡·道虚》载,河东项曼都,求仙三年,谓家人曰,仙人以流霞赐我,每饮一杯,数月不饥。此处谓新茶极佳,贵重如仙人的流霞。以上四句,皆扣紧巽上人的身份,以佛事、仙道典故譬喻其赠茶的盛情。

[赏析]

君子之交淡如水,自采新茶相赠,更见相知相惜之情。巽上人的雅兴、柳宗元的才情,在这首酬赠诗中表露无遗。柳诗全篇扣紧茶叶与巽上人的佛家身份来写,笔触细腻清新,余韵无穷。

巽公院五咏

净土堂

结习自无始①,沦溺穷苦源。流形②及兹世,始悟三空门③。华堂开净域,图像焕且繁。清冷焚众香,微妙歌法言④。稽首愧导师,超遥谢尘昏⑤。

[题旨]

巽公院,指巽上人所居之道院。柳宗元《永州龙兴寺修净土院记》:"永州龙兴寺,前刺史李承晊及僧法林,置净土堂于寺之东偏,常奉斯事。

迄今余二十年，廉隅毁顿，图像崩坠。会巽上人居其宇下，始复理焉。"则五咏诗当作于净土院修竣之初，当元和一、二年间。净土，佛教谓庄严洁净之极乐世界。本诗就净土而议论，以颂扬佛法庄严。

[注解]

① "结习"句：谓人生的苦恼，从久远之前即已染着。结习，佛教谓人世嗜欲诸烦恼为结习。无始，佛教谓世间一切，若众生、若法，皆无有始也。

② 流形：《易经·乾卦》："云行雨施，品物流形。"指万物形体，此谓人也。

③ 三空门：即三解脱门，指空、无相、无作之境界，佛教修行之至高境界，可解脱烦恼，超越轮回。以上四句谓众生自有生以来皆陷溺于烦恼苦海，及今世赋形为人，才领悟到三空门的妙境。

④ 歌法言：诵唱佛经。

⑤ "稽首"二句：谓向僧师稽首跪拜，于此净土华堂，有如超越红尘俗世般渺远。导师，指倡导佛经之僧人。尘昏，左思《吴都赋》："红尘昼昏。"

[赏析]

孙月峰《评点柳柳州集》曰："句句切题，更移易不动，诗最忌议论，最忌说理，此乃全是议论，全是说理，却圆妙有致，不腐不俗，真是高手。"据此以观，本诗前四句在于阐明佛法对人的启悟，切合"净土"之名，使人顿觉超越烦恼，六根清净。"华堂"句以下，则点出净土堂的佛像繁多华美，香烟缭绕，梵音呗唱，于此氛围下，令人自然而然超脱尘俗，沉浸在佛法世界中。全篇可谓情理俱足，达到了情景交融的效果。

曲讲堂

寂灭①本非断，文字安可离②！曲堂何为设？高士方在斯。圣默寄言宣③，分别乃无知④。趣中即空假⑤，名相与谁期⑥？愿言绝闻得，忘意聊思惟⑦。

[题旨]

曲讲堂，讲论佛理的法堂。曲，详尽委曲（始末）之意。诗中以"高士"称赞巽上人，又因此处为讲论佛理的地方，故特别强调依从经典说法传教的重要性。

[注解]

①寂灭：梵语"涅槃"之意译。或谓修道者圆寂之后，即脱离一切名相，故云寂灭。但天台宗以为："生死即涅槃，无灭可证。……纯一实相，实相外更无别法。"（智颛《摩诃止观》卷一）柳宗元奉天台宗，故云寂灭本非断相也。

②"文字"句：禅宗倡"离文字"之说，以为可以不依经论而顿悟佛理。但天台宗奉行经籍，故宗元有此云。其《送巽上人赴中丞叔父召序》："佛之言，吾不可得而闻之矣。其存于世者，独遗其书。不于其书而求之，则无以得其言。言且不可得，况其意乎？"与此意同。文字，谓佛教经论。

③圣默：《思益经·如来二事品》："言一圣说法，说三藏十二部经也；二圣默然，一字不说也。如来唯有此二法。"又曰："佛及弟子常行

二事,若说若默。"言宣:即"圣说法",谓以言相传。

④"分别"句:谓分别默、说,乃无知之见。按《摩诃止观》卷一:"离说无理,离理无说;即说无说,无说即说;无二无别,即事而真。"又曰:"圣说圣默,非说非默。"宗元所持论者,仍在于"文字安可离",须从佛典中求佛理。

⑤"趣中"句:谓中道与空、假,由一心观之,则圆融无碍:"虽三而一,虽一而三"者也。趣,同"趋"。中,中道。空,空相。假,假名。此为天台宗"圆融三谛"。

⑥"名相"句:谓谁可以了解执着名相,乃是烦恼的根源。名相,《楞伽经》卷四:"愚痴凡夫,随名相流。"按:耳可闻谓之名,眼可见谓之相。佛教以为万物皆有名相,而皆虚妄不实,凡人常因分别此虚假之名相而起种种烦恼。

⑦"愿言"二句:谓希望自己扬弃执着名相、分别心,不刻意追究佛理而沉静下来,仔细思考。闻得,指耳所听闻,目所视得,名相之谓也。忘意,忘言之相对也,指仍须依经典文字去探索佛理。

[赏析]

本诗完全在议论,由此看出柳宗元的佛教思想,近于天台宗,讲求深究义理,从中悟道。他比较不赞同禅宗的顿悟,不立文字之说。因此若欲分辨圣说、圣默何者为真,他便觉得已失去一心观法的意义。

禅 堂

发地结菁茅①,团团抱虚白②。山花落幽户,中有忘机客③。涉有本非取,照空不待析④。万籁俱缘生,宵然喧中寂⑤。心境本同如⑥，鸟飞无遗迹⑦。

[题旨]

禅堂，禅坐悟道之室。本诗以禅堂的清幽，衬托巽上人的修为，称颂他深得佛家奥义。

[注解]

①菁茅：茅草。

②"团团"句：原谓禅堂为群山环抱，暗喻心境清静无欲。虚白，《庄子·人间世》："虚室生白。"《释文》："司马（彪）云：'室'比喻心，心能空虚，则纯白独生也。"

③忘机客：忘却世俗机心者，指巽上人。

④"涉有"二句：谓巽上人已能观照"空"，体会众相皆是虚妄之理。有，有相，佛家以为凡所有相，皆是虚妄。空，《大乘义章》："空者，理之别目，绝众相，故名为空。"承上谓由"有"而体会"有即是空"也。宗元《永州龙兴寺修净土院记》谓巽上人"修最上乘，解第一义。无体空折色之迹，而造乎真源；通假有借无之名，而入于实相"。亦以此意赞之。

⑤"万籁"二句：谓万物皆因"缘"而生，缘起缘灭，无非自然，故参禅悟道者，得以从喧闹中体会寂寥悠远之境。窅（yǎo），深远貌。

⑥"心境"句：谓心、境，即内在与外在本同一而无区别。境，谓心所攀缘处。同如，《维摩诘所说经·净影疏》："真法体同，名之为如。"

⑦"鸟飞"句：谓悟道之后，一切虚空清明，无迹可寻。《华严经》："了知诸法性寂灭，如鸟飞空无有迹。"

[赏析]

本诗颇有禅意,"山花落幽户"句,正表明万物自生自灭,却蕴藏了宇宙真理。"窅然喧中寂"句,则传达出幽静的禅趣,万物静观皆自得,唯有潜心修道者,才能了悟真机。全篇扣紧"禅"境而抒发,益彰显此禅室的空灵,以及巽上人的清静无为。

芙蓉亭

新亭俯朱槛①,嘉木开芙蓉②。清香晨风远,溽彩③寒露浓。潇洒出人世,低昂多异容④。尝闻色空喻⑤,造物谁为工?留连秋月晏,迢递来山钟⑥。

[题旨]

本诗描写芙蓉亭边芙蓉花之美,又借以思索"色即是空,空即是色"的佛理。

[注解]

①朱槛:朱红色的栏杆。

②芙蓉:落叶灌木,干高四五尺,叶掌状浅裂,花有红白黄各色,大而美艳,又称木芙蓉。

③溽彩:色彩浓艳。指芙蓉花。

④"潇洒"二句:谓芙蓉木姿态俊逸,花开时更增添艳丽。异容,指其花朵美艳。

⑤色空喻:《般若波罗蜜多心经》:"色即是空,空即是色。"

⑥"留连"二句:谓流连芙蓉亭下,欣赏芙蓉之美,不觉秋月已上升多时,远处传来阵阵钟声。晏,或作"夜"。

[赏析]

芙蓉清香艳丽,观之令人流连忘返。但以修道者而言,若耽溺于此色香,岂不是执着于世间的名相?但佛家有言:"色即是空,空即是色。"不以美色为美色,便能超越名相。否则,这美丽的芙蓉,又是为谁而盛开呢?从这首诗,我们仿佛看到柳宗元在芙蓉亭边踽踽独行,若有所思。结句以景宕开,摆脱说理的色彩,更有"禅"味。

苦竹桥

危桥属幽径①,缭绕穿疏林。迸箨分苦节②,轻筠抱虚心③。俯瞰涓涓流,仰聆萧萧吟④。差池下烟日,嘲哳鸣山禽⑤。谅无要津用⑥,栖息有余阴。

[题旨]

描写苦竹桥及其周围景致,有清新之意境。

[注解]

①"危桥"句:谓苦竹桥连接了两端的小路。危桥,形容其细窄难行。属,相连属。

②"迸箨"句:谓新生之竹由根节处迸出。箨,竹皮、笋壳。

③"轻筠"句:谓竹节中空。筠,竹外青皮。抱虚心,竹体直中空,故云。

④"俯瞰"二句:形容站在苦竹桥上所闻所见的情景。

⑤"差池"二句:形容山鸟于林中参差飞翔,发出啁啾鸣声。差池,不齐貌。嘲哳,状声词,形容箫管乐器声,此处状鸟鸣声。

⑥"谅无"句:谓想必苦竹不能做筏,所以利用为桥。要津用,谓为筏也。要津,重要渡口。

[赏析]

汪森《韩柳诗选》云:"五诗极能因名立意,洗剔见工。"合前四首以观,此五咏确实能就题发挥,情、景、理融合为一。这首《苦竹桥》描写山林幽静的景致,也点出苦竹"不材之材""无用之用"的妙处。虽然不能当大渡口的筏渡,但栖息山林,享受大自然,也是一大幸运。

法华寺石门精室三十韵

拘情病幽郁,旷志寄高爽①。愿言怀名缁②,东峰旦夕仰。始欣云雨霁,尤悦草木长。道同有爱弟③,披拂恣心赏④。松溪窈窕入⑤,石栈贪缘上⑥。萝葛绵层甍,莓苔侵标榜⑦。密林互对耸,绝壁俨双敞。堑峭出蒙笼⑧,墟崄临滉瀁⑨。稍疑地脉断,悠若天梯往⑩。结构⑪罩群崖,回环驱万象。小劫⑫不逾瞬,大千⑬若在掌。体空⑭得化元,观有遗细想⑮。

喧烦困蠛蠓⑯,蹭蹬疲魍魉⑰。寸进谅何营,寻直非所枉⑱。探奇极遥瞩，穷妙阅清响。理会方在今，神开庶殊曩⑲。兹游苟不嗣，浩气竟谁养？道异诚所希，名宾匪余仗⑳。超摅藉外奖，俯默有内朗㉑。鉴尔㉒揖古风，终焉乃吾党。潜躯委缰锁㉓，高步谢尘坱。蓄志徒为劳，追踪将焉仿㉔？

淹留值颓暮，眷恋睇遐壤。映日雁联轩，翻云波泱漭㉕。殊风纷已萃，乡路悠且广。羁木畏漂浮，离旌倦摇荡㉖。昔人叹违志，出处今已两㉗。何用期所归，浮图有遗像㉘。幽蹊不盈尺，虚室有函丈㉙。微言信可传，申旦稽吾颡㉚。

[题旨]

元和初，柳宗元偕其弟宗直等同游华严岩。华严岩在零陵南三里，法华寺、石门精舍位于崖上。法华寺有僧觉照，宗元与之结识。此诗属游记诗，描绘攀登岩崖的景象，由此而有出世的思愁。

[注解]

①"拘情"二句：谓拘泥世俗则抑郁不乐，唯有志向远大才能神清气爽。幽郁，同"忧郁"。

②名缁：名僧，指觉照。缁，黑色，谓僧服也。

③爱弟：即宗元之弟宗直，二人同游。

④心赏：与心赏交，怡然自得之谓也。

⑤"松溪"句：谓松下小溪，幽远深邃。窈窕，深邃貌。

⑥"石栈"句：指石阶步道沿着山势而上。夤缘，攀附而上，顺而前行也。

⑦"萝葛"二句：点出寺庙的古朴清幽。"萝葛"句，谓女萝类的爬

藤爬满屋脊。甍，栋梁、屋脊。标榜，指寺之匾额。

⑧"堑峭"句：谓山涧深如峭壁，上面覆满草木。堑，指山涧。蒙笼，草木覆蔽貌。

⑨"墟嵚"句：谓山势陡峭，下临深广的溪流。嵚，高险。

⑩"稍疑"二句：谓至此几乎怀疑地层断裂，却又见登山之阶梯遥遥在前。

⑪结构：建物，指法华寺。寺居永州，位置最高。

⑫小劫：佛教以七日为一劫。比喻时间消逝之快速。

⑬大千：大千世界。

⑭体空：体会"空"界。空，佛教谓超乎现实之境界。

⑮"小劫"四句：谓登上法华寺后，俯瞰大地，令人感觉时光快速消逝，世界如此渺小。站在这超越尘世之地，令人不禁静坐冥想，体会佛法真谛。观有，观照"有"相。有，《金刚经》："佛告须菩提：凡所有相，皆是虚妄。"

⑯"喧烦"句：谓行进间时有小虫喧扰。蟆螉，小虫。

⑰"踢踯"句：谓唯恐山中精怪，故小心翼翼行走。踢踯，恐惧，不能伸展的样子。

⑱"寸进"二句：谓行走山路，小步向前，循正道而走，必不枉然。

⑲"理会"二句：谓此行涤洗俗虑，神清气爽，与昔日心情大不相同。曩，昔也。

⑳"道异"二句：谓道不同者，固然令人羡慕，但外在的虚名，却非我所倚仗的。名宾，名者，实之宾，虚名与实体相对，故云。匪，非也。

㉑"超摭"二句：谓跳跃时有待外助，潜心体会则须靠内心的朗悟。摭，腾跃。奖，助也。俯默，指修道悟理之事。

㉒鉴尔：一作"铿尔"，谓声音高亢，此处比喻言行超然物外。

㉓"潜躯"句：谓隐居而摆脱名利之羁绊。潜躯，隐居。委，弃绝。缰锁，《汉书·叙传》："贯仁谊之羁绊，系名声之缰锁。"

㉔"蓄志"二句：谓己决心隐居，有心访求他的人，必然徒劳无功。

㉕"淹留"四句：谓在崖顶流连，直到日暮。放眼遥望，夕阳下飞雁成行，穿越苍茫的云霞。轩，飞貌。泱漭，大水貌。

㉖"羁木"二句：谓离乡的游子，最怕四处飘荡。羁木，谓木刻偶人，将随水流漂荡。离旌，送别的旗子。旌，旗也。

㉗"昔人"二句：谓古人有因违背志向而叹者，如今我已在出、处二者之间，选择了后者。出处，指仕宦或隐逸。两，谓今昔处境已有分别。

㉘"何用"二句：谓自己已觅妥依归处，即愿侍奉佛门。浮图，佛也。

㉙函丈：此指石门精舍。函，容也。

㉚"微言"二句：谓佛陀之言确实可以倚赖，我将顶礼跪拜到天亮。申旦，通宵达旦也。申，至也。稽颡，跪拜礼。

[赏析]

　　记游诗、山水诗讲究的是兴情悟理。这首诗的第一大段，描绘山势陡峭，而寺在云山深处，平添幽静玄妙的意境。"松溪"句以下，两两对仗，而且用字精练，颇见功力。"小劫"四句，已逐渐融景入理，为第二大段的体悟之言奠下基础。第二段前几句述登高之奇险、忐忑，随即点出出世、入世的省悟，具现此行所得。末段仍由景入情，在夕阳归雁中，感慨身心漂泊，而终于觅得佛理，将倚为心灵之故乡。柳宗元的五言古诗为各家肯定，这首诗在结构、修辞与主题上，均可称为"五古"之佳作。

戏题石门长老东轩

石门长老身如梦,旃檀①成林手所种。坐来念念非昔人②,万遍莲花③为谁用?如今七十自忘机,贪爱都忘筋力微④。莫向东轩春野望,花开日出雉皆飞⑤。

[题旨]

戏题,游戏之作也,开玩笑的意思。石门长老,指石门精舍之僧师觉照。全篇旨在赞扬觉照修佛有成,唯末二句系玩笑之语。

[注解]

①旃(zhān)檀:香木。

②"坐来"句:谓其已能忘我、超然物外。坐来,佛家语,指移时、少顷。念,刹那。非昔人,佛家谓世界由一刹那一刹那的时空构成,故此刻之我已非前一刻之我,今人非昔人也。

③莲花:指《妙法莲华经》。花,通"华"。

④"如今"二句:谓年已七十的觉照,虽年老貌衰,但也已经达到没有机心、不贪求物欲的境界。贪爱,指世俗的欲望。

⑤"莫向"二句:古乐府有《雉朝飞》。吴兢《乐府古题要解》:"牧犊子所作也。牧犊子年七十无妻,出采薪于野,见雉雄雌相随,意动心悲……因援琴而歌以自伤。"此二句为戏言,意谓年已七十的觉照,会不会也有动心动情的时刻?

[赏析]

本诗显现柳宗元难得一见的幽默。末二句戏而不谑,无伤大雅,可看出二人交情匪浅,七十长老也有此雅量。

构法华寺西亭

窜身楚南极①,山水穷险艰。步登最高寺,萧散任疏顽。西垂下斗绝②,欲似窥人寰。反如在幽谷,榛翳③不可攀。命童恣披剪,葺宇横断山④。割如判清浊⑤,飘若升云间。远岫攒众顶⑥,澄江抱清湾。夕照临轩堕⑦,栖鸟当⑧我还。菡萏⑨溢嘉色,篔筜⑩遗清斑。神舒屏羁锁⑪,志适忘幽潺。弃逐久枯槁⑫,迨今始开颜。赏心难久留,离念来相关⑬。北望间亲爱,南瞻杂夷蛮⑭。置之勿复道,且寄须臾闲⑮。

[题旨]

元和二年(807),柳宗元以官禄在法华寺筑西亭,用诗文记事,其文曰《永州法华寺新作西亭记》。本诗记述筑亭始末,并寄寓个人感怀,于闲情幽境中,别带伤感。

[注解]

①窜身:谓遭放逐贬谪。窜,放逐。楚南极:永州位于楚之最南端,故云。

②"西垂"句：谓山形陡峭。

③榛翳：树木纵横掩蔽貌。

④"命童"二句：谓令童仆任意砍除杂木，以之修建西亭的屋顶。而亭高且广，仿佛可以横过峭壁。断山，峭壁。

⑤"割如"句：谓西亭矗立山顶，宛如把山分割为左右两半，一清一浊，一明一暗。

⑥"远岫"句：谓远山仿佛向西亭聚集。攒，聚也。

⑦"夕照"句：谓夕阳依傍着西亭坠落。

⑧当：对。

⑨菡萏：荷花。

⑩篔筜：竹名，肌薄而长节，竹中最大的一种。

⑪屏羁锁：摒弃世俗的牵绊。

⑫"弃逐"句：谓已遭贬黜，身心疲惫。

⑬"赏心"二句：谓西亭风景虽然赏心悦目，但却无法永久停留，因为离别的愁绪正干扰着我呢！

⑭"北望"二句：承上二句的情感，表示自己来到永州，与北方的亲友分离，向南方看，是不熟悉的蛮夷之地。

⑮"置之"二句：谓放下离愁，偷得浮生半日闲。须臾，片刻。

[赏析]

　　法华寺位于永州最高的山上，其上所建西亭，尤能网罗四周美景，令人心旷神怡。在这点上，柳宗元写出了西亭凌驾众山之势，凸显其高广。又描写江水缭绕、夕阳飞鸟，增添了西亭的秀丽。从这些写景的笔触看来，柳诗中的山，和其游记文中的山水，可说不分轩轾，皆能彰显其优美秀丽。值得注意的是，于此天地美景之中，柳宗元悲从中来，隐隐约约吐露出黜谪心境,虽然结以"且寄须臾闲",却仍然令人感到说不出的忧戚。

自衡阳移桂十余本植零陵所住精舍

谪官去南裔①,清湘绕灵岳②。晨登蒹葭岸,霜景霁纷浊。离披③得幽桂,芳本欣盈握。火耕困烟烬,薪采久摧剥④。道旁且不愿,岑岭况悠邈⑤。倾筐壅故壤,栖息期鸾鹥⑥。路远清凉宫,一雨悟无学⑦。南人始珍重,微我谁先觉⑧?芳意不可传,丹心徒自渥⑨。

[题旨]

这是柳宗元居永州龙兴寺时的作品。零陵精舍,即龙兴寺。零陵,地名。精舍,佛寺。诗记移植桂树之事,并透露只有其本人才真正懂得欣赏桂树。

[注解]

①南裔:南方,指永州。裔,边也。

②灵岳:指衡山。

③离披:分散貌。上下诸句谓在晨雾中,发现岸边的丛丛桂树,幽香怡人。

④"火耕"二句:谓这些桂树困于火耕的烟雾,人民采薪砍柴时又加以摧折,根本无人知晓、爱惜。火耕,南方耕种的方法。《史记·平准

书》："江南火耕水耨。"应劭曰："烧草，下水种稻。草与稻并生，高七八寸，因芟去，复下水灌，草死，独稻长，所谓火耕水耨也。"

⑤"道旁"二句：谓道旁桂树尚且无人眷顾，何况生长在渺远的山岭上？且不愿，"愿"一作"顾"。此二句及前二句皆意谓当地人对这些桂树视而不见，幸而自己发现其奇美。

⑥"倾筐"二句：谓桂树众多，其清幽之姿，正等待鸾凤神鸟来栖息。暗中感慨无人赏识桂树。

⑦"路远"二句：谓将桂树移植龙兴寺后，只待雨水润泽，就能滋长繁荣，无须学栽种之法也。"路远"，一作"远植"，文意较通顺。清凉宫，指龙兴寺。

⑧"南人"二句：谓南方人喜爱桂树，但没有我的发现，谁能察觉这些野生的桂树？意带反讽，表示自己乃先知先觉。

⑨"芳意"二句：谓桂树之芳香不可言传，唯有自己知道自己的美好。丹心，桂花花蕊的颜色略赤，故云。亦用以比喻赤忱之心。徒自渥，徒然自知自爱。渥，厚也。

[赏析]

这首诗表面上写桂树，从发现到移植，充满乡野清趣。但在字里行间，却处处流露"孤芳自赏"、不为人所知的感慨。远谪南方的柳宗元，正像这岸边独自生长的桂树，如果没有先知先觉者发现，也将独自凋零，归于尘土。末二句尤能显现这层意义。

湘岸移木芙蓉植龙兴精舍

有美不自蔽，安能守孤根！盈盈湘西岸，秋至风露繁。丽影别寒水，秋芳委前轩①。芰荷谅难杂，反此生高原②。

[题旨]

记移植木芙蓉事。

[注解]

①"丽影"二句：谓将木芙蓉自湘岸移植过来，种在精舍前轩。丽影、秋芳，皆形容木芙蓉之美。

②"芰荷"二句：莲花亦谓之芙蓉，故此二句谓木芙蓉想必很难杂处于水中的莲花丛，因此将之移返高原之上。芰荷，指莲花、荷花。反此，返此也，谓移植。

[赏析]

首句"有美不自蔽"，实有自况之意。此诗与前诗，可代表柳宗元迁谪永州后，内心孤寂、企求知音的心声。

茅檐下始栽竹

瘴茅葺为宇①，溽暑恒侵肌。适有重腿疾②，蒸郁宁所宜？东邻③幸导我，树竹邀凉飔。欣然惬吾志，荷锸④西岩垂。楚壤多怪石，垦凿力已疲。江风忽云暮，舆曳还相追⑤。萧瑟过极浦，旖旎附幽墀。贞根期永固，贻尔寒泉滋⑥。夜窗遂不掩，羽扇宁复持⑦？清泠集浓露，枕簟凄已知。网虫⑧依密叶，晓禽栖迥枝。岂伊纷嚣间，重以心虑怡⑨？嘉尔亭亭质，自远弃幽期⑩。不见野蔓草，蓊蔚有华姿。谅无凌寒色，岂与青山辞⑪？

[题旨]

本诗作于元和三年（808）。记取竹栽竹之事。

[注解]

①"瘴茅"句：谓以茅草筑屋。

②"适有"句：谓刚刚罹患腿疾。重膇（zhuì），足肿也。盖因处瘴疠之地，过于潮湿所致。王国安《柳宗元诗笺释》以为柳宗元患腿疾在元和三年，从其说。

③东邻：指重巽。

④锸：挖土用的铁锹。

⑤"江风"二句：谓晚风乍起，吹送其船筏。以下二句亦言晚风吹拂之情景。舆曳，指舟船竹筏之类。

⑥"贞根"二句：谓期望所移栽之竹根节永固，故以清泉浇溉。

⑦"夜窗"二句：谓竹林招来晚风，故开窗迎风，不须羽扇扇风。

⑧网虫：指蜘蛛。

⑨"岂伊"二句：意谓岂能在喧嚷烦嚣之中，获得心境上的清静。

⑩"嘉尔"二句：承上二句之意，庆幸有亭亭直立的竹在眼前，而竹取自远方，又能和此幽静的情境相契。弃，一作"契"。

⑪"谅无"二句：谓竹尚未长到直入云霄，怎么就离开了青山的怀抱。其意似因竹之移植，代竹感叹。寒色，一作"云色"。

[赏析]

本诗开篇说明，因为苦热，所以才想到种竹来招凉风驱热气，其中含有黜谪南方的委屈之情。以下则历叙取竹、垦地的辛劳,以及种竹之后,所获得的清静舒适。末二句尤值得推敲,竹之遭移植,多少与己身流放南方的情形相似,因此质问:"谅无凌寒色,岂与青山辞?"竹并没有高耸入云,如同人还没有完全发挥自己的志向,为什么就离开了所依附的青山呢?此末二句实暗藏柳宗元的幽怨。

初秋夜坐赠吴武陵

稍稍雨侵竹,翻翻鹊惊丛。美人①隔湘浦,一夕生秋风。积雾杳难极,沧波浩无穷。相思岂云远,即席莫与同②。若人抱奇音,朱弦缅枯桐③。清商激西颢,泛滟凌长空④。自得本无作,天成谅非功⑤。希声阒大朴⑥,聋俗何由聪⑦!

[题旨]

武陵,亦永州流人,于元和三年坐事流永州。故将本诗系于元和三年。诗中盛赞武陵有高远之抱负,亦用以自喻,可见同为放谪人的心境。

[注解]

①美人:指吴武陵。柳宗元曾称赞他为"刚健士也",见《同吴武陵赠李睦州诗序》。

②"相思"二句:谓武陵不在我身边。

③"若人"二句:以"奇音""朱弦"比喻武陵有奇才、抱负远大。缅,急张弦也。枯桐,谓琴也。

④"清商"二句：谓琴音高亢，宛如天光摇荡于长空。西颢，汉代郊祀歌之一，祀西方神少昊，其音沉砀，如秋气肃然。泛滟，浮光。

⑤"自得"二句：谓其才智天成，并非后天工巧所得。

⑥"希声"句：谓真正有才华者不刻意表现自己。希声，《老子》："大器晚成，大音希声。"閟，闭也。大朴，嵇康《难自然好学论》："洪荒之世，大朴未亏。"谓保有素朴本质者。

⑦"聋俗"句：谓流俗之辈如何能听得见此奇音、希声，即讽刺世人不识奇才。聋俗，流俗之辈。聪，动词，听也。

[赏析]

这首诗写于初秋夜，属怀人之作。诗的前半，即扣紧秋凉与怀人来写，"稍稍""翻翻"之词，写出细致的秋景。"若人"句以下，则就其人良才加以譬喻。而完全以音声乐曲为喻，笔力集中，更见效果。这样的一位奇才，又有谁是他的知音，赏识他呢？而这样的奇才，仍不免迁流永州，则更令人感慨了。是以本诗也隐含柳宗元对自己遭遇的怨嗟。

游南亭夜还叙志七十韵

凤抱丘壑尚，率性恣游遨。中为吏役牵，十祀空悁劳①。外曲徇尘辙，私心寄英髦②。进乏廊庙器，退非乡曲豪③。天命斯不易，鬼责将安逃？屯难果见凌，剥丧宜所遭④。神明固浩浩，众口徒嗷嗷。

投迹山水地⑤，放情咏离骚。再怀曩岁期，容与驰轻舠。虚馆背山郭，前轩面江皋。重叠间浦溆，逦迤驱岩嶅⑥。积翠浮澹滟，始疑负灵鳌。丛林留冲飙，石砾迎飞涛。旷朗天景霁，樵苏远相号⑦。澄潭涌沉鸥，半壁跳悬猱。鹿鸣验食野⑧，鱼乐知观濠⑨。孤赏诚所悼，暂欣良足褒。

留连俯棂槛，注我壶中醪⑩。朵颐进芰实⑪，擢手持蟹螯。炊稻视爨鼎，脍鲜闻操刀。野蔬盈顷筐，颇杂池沼芼⑫。缅慕鼓枻翁，啸咏哺其糟⑬。退想于陵子，三咽资李螬。斯道难为偕，沉忧安所韬⑭？

曲渚怨⑮鸿鹄，环洲涧兰草。暮景回西岑，北流逝滔滔。徘徊遂昏黑，远火明连舠⑯。木落寒山静，江空秋月高。敛袂戒还徒⑰，善游矜所操⑱。趣浅戢长枻，乘深屏轻篙⑲。旷望援深竿，哀歌叩鸣艚。中川恣超忽，漫若翔且翱。淹泊⑳遂所止，野风自飕飕㉑。涧急惊鳞奔，蹊荒饥兽嗥㉒。

入门守拘挈，凄戚憎郁陶。慕士情未忘，怀人首徒搔㉓。内顾乃无有，德辖甚鸿毛㉔。名窃久自欺，食浮固云叨㉕。问牛悲衅钟㉖，说豨惊临牢㉗。永遁刀笔吏，宁期簿书曹㉘？

中兴遂群物，裂壤分鞬橐㉙。岷凶既云捕㉚，吴虏亦已鏖㉛。捍御盛方虎，谟明富伊咎㉜。披山穷木禾，驾海逾蟠桃。重来越裳雉，再返西旅獒㉝。左右抗槐棘，纵横罗雁羔㉞。三辟咸肆宥，众生均覆焘㉟。

安得奉皇灵，在宥解天弢㊱。归诚慰松梓，陈力开蓬蒿㊲。卜室有鄠杜，名田占澧涝。磻谿近余基，阿城连故濠㊳。螟蟀愿亲燎，荼荁甘自薅。饥食期农耕，寒衣俟蚕缲。及骭足为温，满腹宁复饕。安将蒯及菅，谁慕粱与膏㊴？弋林驱雀鷃，渔泽从鳅鲉。观象嘉素履，陈诗谢干旄。方托麋鹿群，敢同骐骥槽⁴⁰？处贱无溷浊，固穷匪淫慆。踉跄辞束缚，悦怿换煎熬⁴¹。登年徒负版，兴役趋伐辇⁴²。目眩绝浑浑，耳喧息嘈嘈。兹焉毕余命，富贵非吾曹。长沙哀纠缠⁴³，汉阴嗤桔槔⁴⁴。苟伸击壤情⁴⁵，机事息秋毫。

海雾多蓊郁，越风饶腥臊。宁唯迫魑魅，所惧齐焄蒿⁴⁶。知萦怀褚中⁴⁷，范叔恋绨袍⁴⁸。伊人⁴⁹不可期，慷慨徒切切。

[题旨]

本诗作于元和三年（808）秋，乃游南亭夜归后，抒发己志的长诗。南亭，疑在法华寺南。全篇可分为八段，首段述己志本在遨游山林，但却走上仕途。原以为可以发挥所长，却又突遭厄运。盖指谪贬永州事。第二段描登南亭所见山水景致，可惜只能自赏。第三段续写在亭中饮酒食菱蟹的雅事。和前段皆以屈原《离骚》自况。第四段言时近黄昏入夜，而秋日泛江，别有一番幽静。第五段由缅怀屈原情操而感叹仕宦者命运多舛。第六段笔锋一转，以中兴盛世颂扬当朝，以传达一己望归之意。第七段之首二句祈求释罪，下又极言归田之乐，正衬出一腔悲慨之情。末段借眷恋故人，吐露期盼援助之心；但"伊人不可期"，尤见其孤绝无依，处境悲凉。

[注解]

①十祀：十年。柳宗元自贞元十四年（798）授集贤殿正字至此为十年。悁（yuān）劳：忧愁，烦闷。

②"外曲"二句：谓外表曲随世俗标准，内心则以青年才俊自许。英髦，英俊之士。

③"进乏"二句：谓己进则缺乏廊庙之才，退则无乡里之名声。自谦之词也。廊庙器，谓宰相之才能。

④"屯难"二句：指贬谪永州事。屯难，《易经·屯卦》，此谓艰难。剥丧，《易经·剥卦》，此谓厄运也。

⑤山水地：谓南亭也。

⑥磝：山多小石。诸句乃形容所居环境，背山面江，山岩重叠多石砾，江水迂回曲折。

⑦"积翠"六句：形容山势稳重，如神话中灵鳌扛负大山的样子；山林野风狂飙，卷起石砾吹向江中。而天气晴朗，则可以听见捡柴取草者互相号叫招呼。樵苏，指取柴、取草。号，打招呼也。

⑧"鹿鸣"句：取意《诗经·小雅·鹿鸣》："呦呦鹿鸣，食野之苹。"以见此地山林之美好。验，证也。

⑨"鱼乐"句：取意《庄子·秋水》：庄子与惠施游于濠梁之上，庄子曰："鯈鱼出游从容，是鱼乐也。……吾知之濠上也。"亦见山水之乐也。

⑩醪：浊酒。

⑪芰实：菱角。

⑫"留连"八句：诸句描述饮酒、食菱、啖蟹、升火、烹调之事，野菜盈筐，又间杂水中杂草。皆表现田园生活朴实之乐也。芼，草也。

⑬"缅慕"二句：取自《楚辞·渔父》，渔父劝屈原："圣人不凝滞于物，而能与世推移。世人皆浊，何不淈其泥而扬其波？众人皆醉，何不餔其糟而歠其醨？何故深思高举，自令放为？"最后鼓枻而去。此处意谓羡慕渔父的行径，能够与世推移，不因坚持"经世致用"的理想而自苦。鼓枻，叩船而鸣也。枻，楫、船桨也。

⑭"退想"四句：谓退一步想，世上仍有像陈仲子这样廉洁的人啊！因此出处之道实在很难有个标准，我的重重忧思如何宽解呢？《孟子·滕文公下》："陈仲子岂不诚廉士哉？居於陵，三日不食，耳无闻，目无见

也。井上有李,螬食实者过半矣,匍匐往,将食之,三咽,然后耳有闻,目有见。"

⑮怨:哀鸣也。

⑯"徘徊"二句:谓游赏多时,直到天黑,远处舟船灯火明亮,已经要回航了。

⑰"敛袂"句:谓对那些回航的渔人、船夫表示敬重。敛袂,整理衣袖以示敬重。

⑱"善游"句:取自《庄子·达生》,谓津人操舟若神,乃善游忘水之故也。此处则指船夫操舟技巧熟练。

⑲"趣浅"二句:承上文意,谓水浅则收起长桨,水深则收起长篙,足见船夫变换自如。趣,同"趋"。屏,摒弃。

⑳淹泊:滞留也。

㉑飕飕:风声。

㉒"涧急"二句:形容野风吹拂下,更见溪流湍急,也仿佛听到野兽咆哮。

㉓"入门"四句:谓夜归之后,心情郁闷。因为所仰慕高士如屈原者,其情不灭,而怀念故友,只能徒然搔首徘徊。

㉔"内顾"二句:《诗经·大雅·烝民》:"德輶如毛。"郑玄笺:"輶,轻。"此二句承上文意,谓归来内视,既无高士,也无故人相伴,而感叹世间美德操守轻如鸿毛。

㉕"名窃"二句:谓窃据名位的人,最后只是自我欺骗;所得利禄高于自己才能的,就是贪得无厌。食浮,《礼记·坊记》:"君子与其使食浮于人也,宁使浮于食。"郑玄注:"食谓禄也,在上曰浮。禄胜己则近贪,己胜禄则近廉。"叨,同"饕",贪也。

㉖"问牛"句:出自《孟子·梁惠王》。齐宣王坐于堂上,有牵牛而

过堂下者,王见之,曰:"牛何之?"对曰:"将以衅钟。"衅,杀牲以血涂其衅隙。

㉗ "说彘"句:出自《庄子·达生》。大意谓祝祀官对猪说,将为猪斋戒,以便杀之而供奉给神灵;若为猪打算的话,不如用糟糠喂它,把它关在猪圈里,比较快活自在。以上二句意谓仕宦者如衅钟的牛、祝祀的猪,看似尊贵,享有名利权势,但其命运却受人摆布,难逃悲惨的下场。暗示自己的运途多舛。

㉘ "永遁"二句:谓希望自己永远脱离仕宦生涯,不想再做官了。刀笔吏,指公卿。《汉书·曹参传》:"萧何、曹参皆起秦刀笔吏。"颜师古注:"刀所以削书也,古者用简牒,故吏皆以刀笔自随也。"簿书,文书也。曹,官曹。

㉙ "中兴"二句:谓今朝政中兴,各方乱事已平定。鞬橐,箭袋、弓囊。

㉚ "岷凶"句:此指元和元年十月,刘辟伏诛。岷,蜀山名。

㉛ "吴虏"句:此指元和二年十一月,李锜伏诛。鏖,击灭也。

㉜ "捍御"二句:谓朝廷已获得英勇的武将与贤明的文臣。方虎,方叔、召虎,周宣王时名将。谟明,明智的谋略。伊咎,伊尹、皋陶,古代贤相。咎,同"皋"。

㉝ "披山"四句:谓四方皆来朝贡。越裳雉,相传周成王时,越裳国献白雉。西旅獒,相传西旅国曾献獒。

㉞ "左右"二句:比喻文武百官左右罗列。槐,指三公。棘,公卿大夫。详见《周礼·秋官·朝士》。雁,大夫执雁。羔,卿执羔。见《周礼·春官·大宗伯》。

㉟ "三辟"二句:意大赦天下。按《旧唐书·宪宗纪》载,元和三年正月,群臣上尊号,曰睿圣文武皇帝,大赦天下。辟,刑法。肆宥,

赦也。

㊱"安得"二句：为祈求朝廷释其罪刑，免受囚羁之苦也。按《旧唐书·宪宗纪》载，元和元年八月，宪宗曾下诏："左降官韦执谊、韩泰、陈谏、柳宗元、刘禹锡、韩晔、凌准、程异等八人，纵逢恩赦，不在量移之限。"在宥，宽恕。天弢，比喻朝廷法网。弢，弓囊。

㊲"归诚"二句：谓若获赦免回京，当尽力施展才能，造福乡里。松梓，同"桑梓"，指乡里，兼指先人庐墓屋舍也。陈力，谓施展才力。以下归田情怀，可与柳宗元《寄许京兆孟容书》参看。

㊳"卜室"四句：谓回京后，卜居、耕种的地点都已打点好。鄠、杜，皆长安上邑。澧、涝，二水分别出鄠南、鄠北。磻谿，在凤翔界。阿城，指阿房宫，在长安县（今陕西省西安市长安区）西。

㊴"螟蜮"八句：形容耕作的辛劳，并表示安贫乐道，不慕荣利之意。螟蜮，害虫。燎，烧。薅，除草也。骭，胫骨。"及骭"句谓穿着短布单衣，衣长才到胫骨处，勉强可称为温暖蔽体。满腹，《庄子·逍遥游》："偃鼠饮河，不过满腹。"意指只求食饱活命，岂能再贪求美味？"安将"句上承"及骭"句，意谓及骭已足为温，安用蒯菅。蒯，菅类，可用以编织为粗布。"谁慕"句上承"满腹"句，意谓不贪求美食。粱，精美的米食。膏，肥肉。膏粱谓富贵美食。

㊵"弋林"六句：谓自己徜徉于林猎渔泽的生活，不敢攀交显达的权贵。"观象"句谓观察"履"卦，嘉许其所代表的素朴无华之道，用以自比也。"陈诗"句谓诵读《诗经·鄘风·干旄》篇，觉得有愧于诗的主旨。《干旄》旨在称美卫文公臣子之好善者，宗元以己为因贬罪人，故云。谢，愧也。"麋鹿"与"骐骥"相对，分指山野平民与仕宦权贵。

㊶"处贱"四句：谓虽身处贫贱，但摆脱了利禄的束缚，欢欣自在。匪，同"非"。淫慆（tāo），逸乐。跟跄，行走急遽貌，谓急欲摆脱

束缚。

㊷"登年"二句：谓己多年来担当国家重任，有不胜负荷之意。登年，历年。负版，持邦国之图籍，谓承担重责大任。鼛（gāo），大鼓，谓国有重大役事，则听从钟鼓之声，赶快加入。

㊸"长沙"句：贾谊为长沙王太傅，作《鵩（fú）鸟赋》曰："夫祸之与福兮，何异纠缠。"意谓人生之得失祸福，相伴相生，很难预料。

㊹"汉阴"句：出自《庄子·天地》，子贡南游于楚，反于晋，过汉阴，见老圃抱瓮灌园，子贡告以机械之理，作"槔"器以抽水灌溉。老圃忿然而笑曰："吾非不知，羞而不为也。"这里比喻嘲笑那些有心机、机巧的人。

㊺"苟伸"句：王充《论衡·艺增》："有年五十击壤于路者，观者曰：'大哉，尧德乎！'击壤者曰：'吾日出而作，日入而息，凿井而饮，耕田而食，尧何等力！'"击壤情，指不受权贵束缚、逍遥自得的心境。

㊻齐焄蒿（xūn biāo）：指死亡。焄、蒿，皆指气也，谓众生死后归土，其气蒸发而上。

㊼"知罃"句：出自《左传·成公三年》，晋知罃被囚禁在楚国，郑国商人欲置诸褚中以救他脱逃。尚未行动，楚国已将知罃释放回国，后来这商人到了晋国，知罃盛情接待，好像商人真的救出了自己。褚，袋子。

㊽"范叔"句：出自《史记·范雎蔡泽列传》，范雎入秦为相。魏须贾使秦，雎敝衣见贾，贾取绨袍赐之。及见，范雎数其罪三，曰："公之所以得无死者，以绨袍恋恋，有故人之意，故释公。"后世因以"绨袍"为念旧之意。绨，粗缯。

㊾伊人：指上二句之故人。

[赏析]

　　这首诗前半写景，后半叙志，充斥其间的，则是孤独无友、落寞失意的情怀。在写景部分，多借用《诗经》《离骚》典故，可见柳诗的雅正风格。而又以屈原自比，更显现其忠贞的心志。"中兴"句以下，显然是为了请求赦免而作歌功颂德之语，这是传统社会仕宦者的苦衷，无可厚非。"归诚"句以下，更能理解这种不得已的苦处，经过这次的贬黜，的确使有志青年才俊，不敢轻举妄动，只求安贫乐道，遑论匡济天下之理想。据本集其他文、赋，柳宗元曾力求内召，希望除罪移官，奈何无人伸出援手，如诗所云"众口徒嗷嗷""伊人不可期"，最叫人伤感、叹惋也。

酬娄秀才寓居开元寺早秋月夜病中见寄

客有故园思，潇湘生夜愁。病依居士室①，梦绕羽人丘②。味道怜知止③，遗名得自求。壁空残月曙，门掩候虫秋。谬委双金重④，难征杂佩⑤酬。碧宵无枉路，徒此助离忧。

[题旨]

娄秀才，名图南，侨寓永州，与柳宗元过从甚密。元和四年（809）七月，图南卧疾，有诗见赠，故柳宗元回赠本诗。

[注解]

①居士室：谓开元寺之房舍。

②羽人丘：《楚辞·远游》："仍羽人于丹丘兮，留不死之旧乡。"王逸注："《山海经》言：'羽人之国，不死之民。'或曰：人得道身生羽毛也。"

③味道:《后汉书·申屠蟠传》:"安贫乐潜,味道守真。"体会宇宙人生之道也。知止:《老子》:"知足不辱,知止不殆。"有所节制也。

④双金:张载《拟四愁诗》:"佳人遗我绿绮琴,何以赠之双南金。"意谓娄对己深情厚意。

⑤杂佩:《诗经·郑风·女曰鸡鸣》:"知子之来之,杂佩以赠之。"毛传:"杂佩者,珩、璜、琚、瑀、冲牙之类。"意谓己无以回报。

[赏析]

柳宗元被流放永州,故人见弃,所幸也结交新的知己益友,娄秀才即其中之一。本诗前半叙娄病中情景,句句与开元寺舍的环境、氛围相衬托。"壁空""门掩"二句,最得前人赞赏,于秋景之萧瑟,有深刻意境。

法华寺西亭夜饮

祇树^①夕阳亭,共倾三昧^②酒。雾暗水连阶,月明花覆牖^③。莫厌樽前醉,相看未白首。

[题旨]

本诗作于元和四年(809)。其本集有《法华寺西亭夜饮赋诗序》,此其诗也。与会者凡八人,以"酒"为赋诗主题。

[注解]

①祇树:祇树给孤独园之略称,释迦往舍卫国说法时暂居之处。

②三昧：佛学名词，即三摩地，义为正定。《大乘义章》："以体寂静，离于邪乱，故曰三昧。"

③"月明"句：谓花影投射在窗上。牖，窗户。

[赏析]

首二句扣紧佛寺、饮酒，三、四句描写夜间幽景，末二句则点染彼此的高雅情谊。三、四句写景清丽雅致，颇得前人推许，如诗如画。

游朝阳岩遂登西亭二十韵

谪弃殊隐沦，登陟非远郊。所怀缓伊郁，讵欲肩夷巢①？高岩瞰清江，幽窟潜神蛟。开旷延阳景，回薄攒林梢。西亭构其巅，反宇临呀庨②。背瞻星辰兴，下见云雨交。惜非吾乡土，得以荫菁茅。

羁贯去江介，世仕尚函崤③。故墅即澧川④，数亩均肥墝。台馆集荒丘，池塘疏沉坳⑤。会有圭组恋⑥，遂贻山林嘲。薄躯信无庸，琐屑剧斗筲⑦。囚居固其宜，厚羞欠已包。庭除植蓬艾，隙牖悬蟏蛸⑧。所赖山水客，扁舟枉长梢。把流敌清觞，掇野代嘉肴。适道有高言，取乐非弦匏⑨。逍遥屏幽昧，淡薄辞喧呶⑩。晨鸡不余欺，风雨闻嘐嘐⑪。再期永日闲，提挈移中庖⑫。

[题旨]

柳宗元筑西亭之后，屡次登临，盖以其地势高耸，景色佳美故也。姑将此诗系于元和四年（809）。朝阳岩，在零陵西，元结《朝阳岩铭序》云，此岩自古荒之而无名称，以其东向，遂以"朝阳"命焉。

[注解]

① "所怀"二句：谓己怀抱忧怨，岂能和夷、巢高士相比肩。夷巢，伯夷、巢父，古之隐逸高士。

② 反宇：屋檐突起之瓦头也。呀庨：深空高耸貌。

③ "羁贯"二句：谓少时从父入吴，旋又去而之京入仕。羁贯，指少年时期。江介，江之左岸也。何焯《义门读书记》："天宝之乱，柳氏举族入吴，柳子之父为宣城令者四年。"函崤，函谷及崤山，在今河南西部。

④ 澧川：澧，长安水名。

⑤ 坳：地不平也。

⑥ 圭组恋：眷恋官爵。圭组，系圭之绶，喻官爵。

⑦ "薄躯"二句：谓己躯卑贱无用，只是个斗筲小人。斗筲，比喻才识短浅之人。

⑧ 蟏蛸：蜘蛛类的小虫。

⑨ "挹流"四句：谓身在山林之中，自在自得，胜过富贵生活。弦匏，琴瑟为弦，笙竽为匏。

⑩ 喧呎：喧闹嘈杂。

⑪ "晨鸡"二句：出自《诗经·郑风·风雨》："风雨潇潇，鸡鸣嘐嘐。"

⑫ "再期"二句：谓盼望再有闲暇登亭，将在此烹煮饮食。

[赏析]

"高岩"以下八句，极力形容西亭之峻峭。将高耸的岩崖与蜿蜒的江水想象为幽窟潜藏蛟龙，相当神奇。而以"星辰""云雨"，衬托西亭的华美广阔，更富有美感。"羁贯"句起，以己之遭遇为主，益见柳宗元不能忘却贬谪之苦；"囚居""厚羞"之语，令人不忍直视。末虽有寄情山水之意，但终难掩流放之悲。

零陵赠李卿元侍御简吴武陵

理世固轻士①，弃捐湘之湄②。阳光竟四溟，敲石安所施③？铩羽集枯干，低昂互鸣悲。朔云吐风寒，寂历穷秋时④。君子尚容与，小人守兢危⑤。惨凄日相视，离忧坐自滋。樽酒聊可酌，放歌谅徒为！惜无协律者，窈眇弦吾诗⑥。

[题旨]

这首诗写给李、元二人，兼寄给吴。简，书简，此处作动词用，寄赠诗文之意。李卿，李深源；元侍御，元克己。元和四年（809）九月二十八日，柳宗元尝与二人同游西山，后八日，同游小丘。旋又偕武陵游小丘西小石潭。彼此交谊深厚，柳宗元引为知己。

[注解]

①"理世"句：有反讽意，故言治世而轻视贤士。理世，治世。避高宗李治讳改。

②湄：水岸也。指诸友同遭谪贬，流放永州。

③"阳光"二句：形容阳光遍照四海，则敲石而出的小火花又有何

作用呢?意谓太平盛世,而渺小如我等者,无可施展才华。

④"铩羽"四句:喻厄困之际,互相扶持。铩羽,残羽也。此指羽毛残落之鸟。喻同遭流放的诸友。穷秋,深秋。

⑤"君子"二句:谓君子安逸自得,小人战战兢兢。

⑥"惜无"二句:谓世无知音者,可以为我赋诗而歌。

[赏析]

此诗哀怨悲惋,可谓出自肺腑之言。昔人谓"长歌当哭",以抒发心中悲恸,但柳诗却云"放歌谅徒为",即使高歌一曲,也无知音相和,益见其感伤也。

酬韶州裴曹长使君寄道州吕八大使因以见示二十韵一首并序

韶州幸以诗见及,往复奇丽,邈不可慕,用韵尤为高绝,余因拾其余韵酬焉。凡为韶州所用者置不取,其声律言数和之。

金马①尝齐入,铜鱼亦共颁②。疑山看积翠,洣水想澄湾。标榜同惊俗,清明两照奸③。乘轺参孔仅④,按节服侯姗⑤。贾傅辞宁切⑥,虞童发未髫⑦。秉心方的的,腾口任喅喅⑧。

圣理高悬象,爰书降罚锾⑨。德风流海外,和气满人寰。御魅恩犹贷,思贤泪自潸。存亡均寂寞,零落间惸鳏⑩。

凤志随忧尽,残肌触瘴瘢。月光摇浅濑,风韵碎枯菅。海俗衣犹卉⑪,山夷髻不鬟。泥沙潜魅蜮⑫,榛莽斗豺猨。循省诚知惧,安排只自惭⑬。 食贫甘莽卤， 被褐谢斓斒⑭。远物裁青蒻⑮，时珍馔白鹇。长捐楚客佩，未赐大夫环⑯。异政徒云仰，高踪不可攀。空劳慰憔悴，妍唱剧妖娴⑰。

[题旨]

　　裴曹长寄诗给道州吕八大使，并以诗示柳宗元，柳宗元大为赞赏，因此仿其用韵，回赠这首诗。参看诗前的序言。裴曹长，不详其名，盖与柳宗元同在礼部者，故云曹长。韶州、永州两地相近，故二人时有书信往来。吕八大使，吕温也，贞元末登进士第，为韦执谊、王叔文所重。柳宗元等九人坐叔文贬逐，唯温以奉使免。元和三年，贬道州刺史；五年，转衡州。后人因推断此诗作于元和四年（809）。

[注解]

　　①金马：汉武帝时设立金马门，贤才待诏于此。

　　②铜鱼：唐高祖时所制定之官符，官五品以上佩铜鱼符。共颁：言温与裴同出为刺史也。

　　③"标榜"二句：言温、裴二人特立独行，洞照奸宄不法之事。标榜，互相称扬。

　　④孔仅：汉武帝时南阳良吏，此用以指当时的户部侍郎潘孟阳。柳诗自注云，裴尝随潘出征。

　　⑤"按节"句：谓温持节出使吐蕃。侯狲，指呼韩邪单于。

　　⑥"贾傅"句：贾谊为长沙王太傅，过湘水，以文吊屈原。此谓裴文采奇高。

　　⑦"虞童"句：三国吴有虞翻者，少好学，有高气。此谓温尚是年轻有为。鬏，同"斑"，发白也。

⑧"秉心"二句：形容裴、温二人心志坦荡，口才辩给。的的，光明也。嚻嚻，争斗貌。

⑨"圣理"二句：谓温得罪遭贬斥。爰书，移换狱书，谓审定罪刑。

⑩惸（qióng）鳏：孑然一身。惸，无兄弟曰惸。鳏，老而无妻曰鳏。

⑪卉：草也，谓以葛布为衣。

⑫虺蜮：毒蛇、水弩。蜮，水弩，状如鳖，三足，在水中含沙射人，一曰射人影。

⑬憪（xián）：愉悦。

⑭"食贫"二句：谓安贫乐道，不贪求美食华服。

⑮罽：毛织地毯。

⑯"长捐"二句：谓温谪贬道州。楚客佩，屈原《楚辞·九歌·湘君》："捐余玦兮江中，遗余佩兮澧浦。"大夫环，《春秋榖梁传》注：礼：三谏不听，则去，待放于竟三年。君赐之环，则还；赐之玦，则往。

⑰"妍唱"句：谓裴诗巧雅高明。妍唱，指其诗作优美。妍，巧也。娴，雅也。

[赏析]

这首诗充分展现了柳宗元作诗的才华，因为原作"用韵尤为高绝"，而柳宗元还要逞能，"拾其余韵酬焉"，所能使用的韵脚字就更少了。汪森《韩柳诗选》即云："用韵奇险，不让昌黎，然昌黎之用险韵也，以险峻之气驭之；而河东则一归之典雅，使险者帖然不觉：皆能事也。"其次，就其行文结构而言，首二句言温、裴二人同时仕进，以下则以二人相提并列：道州九疑山，韶州浈水；孔仅与侯翽。从自然到人事，处处可见二人各擅胜场、分庭抗礼的行谊。后将笔锋一转，叙写温贬谪道州，兼述己身遭遇，以示感同身受之情，可谓条理分明，情理俱足。末结以妍唱妖娴，更有呼应酬和之意。

湘口馆潇湘二水所会

九疑浚倾奔,临源委萦回①。会合属空旷,泓澄停风雷②。高馆轩霞表,危楼临山隈。兹辰始澄霁③,纤云尽褰开。天秋日正中,水碧无尘埃。杳杳渔父吟,叫叫羁鸿哀。境胜岂不豫④,虑分固难裁。升高欲自舒,弥使远念⑤来。归流驶且广,泛舟绝沿洄。

[题旨]

此为登览湘口馆所作。湘口馆,位于零陵县西北潇、湘二水合流处。据柳宗元《始得西山宴游记》云,自谪居永州,"日与其徒上高山,入深林,穷回溪,幽泉怪石,无远不到"。故知其登高游览,大约也在游西山(元和四年)前后。本诗描写山水胜景,幽细淡远,有陶、谢风格。

[注解]

①"九疑"二句:九疑,山名,在永州界。临源,岭名。九疑、临源,潇、湘所出,故此二句谓江水自崇山峻岭倾泻而出,蜿蜒奔流。

②停风雷:形容水流缓慢,水面平静无波。

③澄霁:天色清朗。澄,清也。

④豫:乐也。

⑤远念:谓离愁乡思。

[赏析]

首二句破题，描写潇、湘二水奔流之状。三、四句言二水汇合，一反上游之湍急，水势开阔平静，"停风雷"之语尤见巧妙，凸显其静谧。"高馆"数句，就湘口馆登高所见，描写高山远水，秋日纤云，景象极为清廓明朗，令人心旷神怡。"境胜"四句，带入乡关离愁，乃古人"远望当归"的情怀。末二句又宕开写景，有余音袅袅之况味。

登蒲洲石矶望横江口潭岛深迥斜对香零山

隐忧倦永夜，凌雾临江津。猿鸣稍已疏，登石娱清沦。日出洲渚静，澄明晶无垠。浮晖翻高禽，沉景照文鳞。双江汇西奔，诡怪潜坤珍①。孤山②乃北峙，森爽栖灵神。洄潭或动容，岛屿疑摇振③。陶埴④兹择土，蒲鱼⑤相与邻。信美非所安⑥，羁心屡逡巡⑦。纠结⑧良可解，纡郁亦已伸。高歌返故室，自誷非所欣。

[题旨]

此为记游之作。蒲州，在零陵县东南六里蒲江之涯。香零山，在零陵县东潇水中，山中所产草木，当春皆有香气。

[注解]

①"双江"二句：谓双江汇流，景象诡怪壮丽，如同潜藏着大地奇珍。双江，指潇、湘二水。坤珍，指天地符瑞。

②孤山:香零山。

③"洄潭"二句:谓潭水深回,其景色令人动心,而潭中小岛也仿佛受到潭水摇荡。

④埴:黏土,可作瓦器之陶土。

⑤蒲鱼:采蒲草、捕鱼。

⑥"信美"句:王粲《登楼赋》:"虽信美而非吾土兮,曾何足以少留。"

⑦逡巡:徘徊。

⑧纠结:缠结,喻心情烦闷。

[赏析]

　　本诗的题目较长,但具有记事的作用,犹如谢灵运山水诗的命题法。诗的开篇,由愁夜不眠,凌雾登石写起,继而等待黎明。日出之后,始见飞禽游鱼,江水奔腾,潭深迂回,而潭中小岛与远山斜对,笔触相当细腻,宛如描绘一幅山水画,光线明暗、布局结构皆能面面俱到。后半转入人事与心境的省察,点出欣然自得、不虚此行之意。

游石角过小岭至长乌村

　　志适不期贵,道存岂偷生?久忘上封事①,复笑升天行②。窜逐宦湘浦③,摇心剧悬旌④。始惊陷世议,终欲逃天刑。岁月杀忧栗,慵疏寡将迎。追游疑⑤所爱,且复舒吾情。石角恣幽步,长乌遂遐征。磴⑥回茂树断,景晏寒川明。旷望少行人,时闻田鹳鸣。

风篁冒水远⑦，霜稻侵山平。稍与人事间，益知身世轻。为农信可乐，居宠真虚荣。乔木余故国⑧，愿言果丹诚。四支⑨反田亩，释志东皋⑩耕。

[题旨]

本诗亦作于元和四年（809）。石角山，在零陵县东北十里，山有小洞，极深远。连属十余小石峰，奇峭如画。诗的主题，始则感叹身世遭遇，末则以归田躬耕作结。

[注解]

①封事：《汉书·宣帝纪》："而令群臣得奏封事，以知下情。"此谓奏章。

②升天行：古乐府有《升天行》，此谓学仙之举也。

③"窜逐"句：谓己被流放永州。

④"摇心"句：《史记·苏秦传》："心摇摇然如悬旌。"谓心情忐忑不安宁。

⑤"追游"句：意谓登山游水为其所爱好。疑，一作"欵"，诚也。

⑥磴：石阶。

⑦"风篁"句：指竹林映照水面。篁，竹林。冒，一作"映"。

⑧"乔木"句：《孟子·梁惠王下》："所谓故国者，非谓有乔木之谓也，有世臣之谓也。"余，一作"望"。此句谓倚着乔木，远望京城。

⑨四支：四肢。

⑩东皋：水田曰皋。隋末，王绩字无功，至唐贞观中为大乐丞。挂冠归田，葛巾联牛，躬耕东皋。每著书，自称东皋子。柳宗元或有意取法。

[赏析]

　　这是一首田园小品:"风篁冒水远,霜稻侵山平",竹林风声,风行水面,景象十分清新;秋稻饱满成熟,连陌横阡,直到远山尽头,开阔中蕴藏着秋收的喜乐。但是柳宗元果然在田园中找到他的"适志"理想了吗?这首诗与前面几首比较,怨苦的声音的确少了一些,"四支(肢)反田亩,释志东皋耕",似乎他的心境已经转为平和,真的可以寄情山水,在田园生活中自在自得。

觉　衰

　　久知老会至,不谓便见侵。今年宜未衰,稍已来相寻。齿疏发就种[①],奔走力不任。咄此可奈何,未必伤我心。彭聃[②]安在哉?周孔[③]亦已沉。古称寿圣人,曾不留至今。但愿得美酒,朋友常共斟。是时春向暮,桃李生繁阴。日照天正绿,杳杳归鸿吟。出门呼所亲,扶杖登西林。高歌足自快,商颂[④]有遗音。

[题旨]

　　本诗感叹日见衰老,但诗末则转出有好友相伴,自在自得的愉快心境。据王国安《柳宗元诗笺释》云,元和四年(809)柳宗元所作《与萧翰林俛书》《寄许京兆孟容书》《与杨京兆凭书》等篇章,均有觉衰之叹,可与之参看。

[注解]

①发就种（zhǒng）：《左传·昭公三年》："齐侯田于莒，卢蒲嫳见，泣且请曰：'余发如此种种，余奚能为。'"杜预注："种种，短也。"

②彭聃：彭祖、老聃，古之长寿者也。

③周孔：周公、孔子。

④商颂：指《诗经》中的《商颂篇》。《庄子·让王》："曳纵而歌商颂，声满天地，若出金石。"

[赏析]

本诗风格酷似陶渊明诗，有乐天知命的旷达胸襟。在写法上，极富转折变化之妙，自首句起，一句一转，颇堪玩味。"但愿得美酒"句一出，更揭示了"古来圣贤皆寂寞，唯有饮者留其名"的豪情。以下数句，以暮春桃李为背景，点出及时行乐、良朋相伴的雅兴，相当轻松自在。末结以高歌自快，益见适志可贵的体悟。

读　书

幽沉谢世事，俯默窥唐虞。上下观古今，起伏千万途。遇欣或自笑，感戚亦以吁。缥帙①各舒散，前后互相逾。瘴痾扰灵府②，日与往昔殊。临文乍了了，彻卷兀若无③。竟夕谁与言？但与竹素④俱。倦极更倒卧，熟寐乃一苏。欠伸展肢体，吟咏心自愉。得意适其适，非愿为世儒。道尽即闭口，萧散捐囚拘⑤。巧者为⑥我拙，智者为我愚。书史足自悦，安用勤与劬⑦？贵尔六尺躯⑧，勿为名所驱！

[题旨]

柳宗元《与杨京兆凭书》："自贬官来无事，读百家书，上下驰骋，乃少得知文章利病。"《寄许京兆孟容书》亦尝言及遍读群书事也，可知刻苦读书，自放于山水间，乃柳宗元谪永州后的生活形态，也因而从中获益，所为诗文视前大进，身心亦得以舒解。本诗及以下几首咏史作品，即为其读书明志的心得。

[注解]

① 缥帙：指书籍。古时书卷必有帙包之，如书套之类。缥，青白色的帛，以之为帙。

② 瘴疠：湿热之病。灵府：精神，心。

③ "临文"二句：谓初读时印象十分清晰，读毕却忘得干干净净。了了，清晰貌。兀，枯寂空无貌。这种情形，参见《寄许京兆孟容书》："往时读书，自以不至底滞，今皆顽然无复省录。每读古人一传，数纸已后，则再三伸卷，复观姓氏，旋又废失。"

④ 竹素：竹板、素书，皆古代供书写之物，比喻典籍。

⑤ 萧散：闲散。捐：弃也。囚拘：指为世俗所拘束。

⑥ 为：同"谓"。

⑦ 劬：劳。

⑧ 六尺躯：六尺，指未成年之人。故疑此处为"七尺躯"之误。

[赏析]

这首诗写出了沉浸典籍、悠游于书海的闲适之乐。虽说"临文乍了了，彻卷兀若无",看起来像是退化了,但所欲表达的,乃是随意尽兴,无所为而为的读书乐。"非愿为世儒",就是要摆脱以前为求仕进而孜孜营营、皓首穷经式的读书方式。"倦极"四句,意态从容,最能衬托这种得意自适的读书之乐,也让我们看到柳宗元终于找到自我调适的妙方。

咏 史

燕有黄金台①,远致望诸君②。嗛嗛事强怨③,三岁有奇勋④。悠哉辟疆理,东海漫浮云。宁知世情异,嘉谷坐熇焚⑤。致令委金石⑥,谁顾蠢蠕群⑦。风波欻潜构,遗恨意纷纭。岂不善图后,交私非所闻。为忠不内顾,晏子亦垂文⑧。

[题旨]

本诗吟咏战国名将乐毅。乐毅自魏往燕,得燕昭王宠信,为燕破齐。后昭王卒,子惠王立,齐田单离间之。惠王乃使骑劫代将,而召乐毅。乐毅畏诛,遂西降赵。本诗以为,惠王不察,乃错失良将,颇有感慨。前人论此诗,或云此诗以乐毅影射王叔文,以燕惠王比宪宗。

[注解]

①黄金台:《上谷郡图经》:"黄金台在易水东南十八里。燕昭王置千金于台上,以延天下之士。"

②望诸君:指乐毅。乐毅自燕之赵,赵封毅于观津,号曰望诸君。

③"嗛嗛"句:谓小心谨慎,侍奉强敌。嗛嗛,微小,引申为卑微、

隐忍之意。

④"三岁"句：此指乐毅为燕昭王伐齐，下齐七十余城。

⑤"宁知"二句：此指惠王继位，受齐田单反间，迫使乐毅去燕降赵。"嘉谷"句谓良禾突遭焚烤，即良将突遭谗诬之意也。坐，遽也，顿也。熇（hè），焚，用火烧。

⑥委金石：即谓乐毅去燕降赵事。委，弃也。金石，《后汉书·王常传》："辅翼汉室，心如金石。"

⑦蠹蠕群：指燕惠王君臣。此语激切，暗讽当朝者。

⑧"为忠"二句：谓古之贤相晏子，国有道，即顺命；无道，即抗命，以此三世（事齐灵公、庄公、景公）显名于诸侯。故太史公司马迁十分欣赏他。（见《史记·管晏列传》）内顾，顾虑身家性命。垂文，指文章传世。晏子有《晏子春秋》传世。

[赏析]

此诗有怨怒之气，隐约别有所指。乐毅忠贞尽己，却遭君王猜忌，最后不得不弃燕归赵；晏子直言极谏，不畏君威，终能万古流芳。乐毅的遭遇，令柳宗元为之愤慨，因此出言直率，大骂"蠹蠕群"；而晏子的作风与令名，无疑是柳宗元所肯定、向往的，因此以之为全诗总结，用以烘托乐毅的无辜厄运。然而王叔文党事，显然比乐毅的下场更凄惨，"宁知世情异，嘉谷坐熇焚"，那不测的厄运，正给予彼等忠贞志士严重的打击，也难怪诗中时见议论、讽谏的言语了。

咏三良

束带值明后①，顾盼流辉光。一心在陈力，鼎列②夸四方。款款效忠信，恩义皎如霜。生时亮同体，死没宁分张③？壮躯闭幽隧④，猛志填黄肠⑤。殉死礼所非⑥，况乃用其良？霸基弊不振，晋楚更张皇。疾病命固乱，魏氏言有章⑦。从邪陷厥父，吾欲讨彼狂⑧。

[题旨]

本诗亦为读史有感而作。三良，秦之三贤士。《左传·文公六年》："秦伯任好卒，以子车氏之三子奄息、仲行、针虎为殉，皆秦之良也。国人哀之，为之赋《黄鸟》。"任好，秦穆公。《诗经·秦风·黄鸟》注："《黄鸟》，哀三良也。国人刺穆公以人从死，而作是诗也。"柳宗元此诗则在刺穆公子康公，以之陷其父于邪妄也，并称美三良。论者或以为其意在刺宪宗之信谗贬贤。

[注解]

①束带：谓任官。明后：明君，指秦穆公。

②鼎列：谓欲使秦国强大，与列国鼎足而立。

③分张：分离。

④幽隧：墓道。

⑤黄肠：棺木。

⑥"殉死"句：谓以活人殉葬，非礼制也。

⑦"疾病"二句：《左传·宣公十五年》："魏武子有嬖妾，无子。武子疾，命颗曰：'必嫁是。'疾病，则曰：'必以为殉。'及卒，颗嫁之，曰：'疾病则乱，吾从其治也。'"

⑧彼狂：谓穆公子康公。

[赏析]

秦穆公以三良殉葬，历代文人讨论者不少。多以为秦穆公有罪，残害忠良；如柳诗所指，罪在穆公子康公者，可谓别有见地。后世如东坡《和陶诗》亦云："顾命有治乱，臣子得从违。魏颗真孝爱，三良安足希。"即言若有如魏颗这样明辨事理者，就不会有殉葬之举。由此可见柳宗元评论史事的观点，有其独到处。若以此比附于现实，则宪宗继位后，贬斥王叔文党，致使多位贤士同遭流放，人人几乎从此老死异乡，其间的怨诽，也不得不令人感叹再三。

咏荆轲

燕秦不两立，太子已为虞①。千金奉短计，匕首荆卿趋。穷年徇所欲，兵势且见屠②。微言激幽愤③，怒目辞燕都。朔风动易水，挥爵前长驱。函首致宿怨，献田开版图④。炯然耀电光，掌握罔正夫⑤。造端何其锐，临事竟趑趄⑥。长虹吐白日⑦，苍卒反受诛。按剑赫凭怒，风雷助号呼。慈父断子首，狂走无容躯⑧。夷城芟七族⑨，台观皆焚污。始期忧患弭，卒动灾祸枢。秦皇本诈力，事与桓公殊。奈何效曹子⑩，实谓勇且愚。世传故多谬，太史征无且⑪。

[题旨]

此亦为读书有感而作。荆轲刺秦王事，参见《史记·刺客列传》。荆轲为酬谢燕太子丹的赏识，毅然决然地赴秦行刺，后人多感佩其侠义精神。而柳诗以"勇且愚"评断之,盖有感于荆轲太过大意,故终遭不测。

[注解]

①虞:备也。

②"穷年"二句:言燕太子丹一年来以锦衣玉食款待荆轲,从其所欲,直到情势危急,燕国濒于亡乱,荆轲仍未有行动。穷年,整年。徇,顺从。

③"微言"句:承上句,燕太子丹以言语讥讽荆轲,怀疑他心生悔意,不欲刺秦。

④"函首"二句:荆轲斩樊於期之首,及献燕督亢之地图,函封以入秦。宿怨,谓秦王。樊於期与秦王有旧仇,故云。

⑤"炯然"二句:指荆轲在秦廷上,"因左手把秦王之袖,而右手持匕首揕之,未至身,秦王惊,自引而起,袖绝"之情形。

⑥赵趄:犹豫不进貌。

⑦"长虹"句:邹阳《狱中上梁孝王书》:"昔荆轲慕燕丹之义,白虹贯日。"

⑧"慈父"二句:指燕王喜斩太子丹,以献秦王。但五年后,秦仍然灭掉燕国。

⑨"夷城"句:邹阳《狱中上梁孝王书》:"荆轲湛七族,要离燔妻子。"七族,泛指所有的亲戚。

⑩曹子:指曹沫。曹沫,鲁人,以勇力事鲁庄公。庄公与齐桓公会盟于柯,曹沫执匕首劫齐桓公,桓公乃许尽归鲁之侵地。参见《史记·刺客列传》。

⑪"太史"句:太史公向公孙季功、董生与夏无且征询荆轲之事。无且(jū),人名。

[赏析]

　　咏史诗必然有叙事的成分，由此可见作者剪裁史料的功夫。这首咏荆轲，以大半篇幅叙述荆轲刺秦的经过与前后情势，文笔相当简洁。尤其着重于燕太子丹与荆轲之间的心理互动，"微言"二句最能凸显二者彼此间的微妙关系。"始期"句以下，柳宗元认为，荆轲不了解秦始皇的贪暴性情，终不似齐桓公有大度量，因此才落得失败的凄惨下场。"勇且愚"的评价，不同于前人对荆轲的悲壮印象，也可见柳宗元卓尔不群的性格。

杨白花

　　杨白花，风吹渡江水①。坐令宫树无颜色，摇荡春光千万里。茫茫晓日下长秋②，哀歌未断城鸦③起。

[题旨]

　　古乐府有《杨白花歌》，故柳宗元仿作《杨白花》。据《南史·王神念传》云："杨白花，武都仇池人。少有勇才，容貌瑰伟。魏胡太后逼幸之。白花惧祸，会父大眼卒，白花拥部曲南奔于梁。太后追思不已，为作杨白花歌，使宫人昼夜连臂蹋足歌之，声甚凄断。杨白花位至太子左卫率。"

[注解]

　　①"杨白花"二句：以杨花飞扬喻杨白花由魏南奔于梁。
　　②长秋：指长信宫，皇后所居宫室。

③城鸦：或作"晨鸦"，意谓忧思之深，几忘旦暮。

[赏析]

　　这是柳宗元的拟古之作，借用乐府旧题，模拟魏胡太后怀人的情思。写来幽婉情深，凄美感人。"摇荡春光千万里"句，最能凸显杨花在春天时的妩媚姿态。

种仙灵毗

　　穷陋阒自养，疠气剧嚣烦。隆冬乏霜霰，日夕南风温。杖藜下庭际，曳踵①不及门。门有野田吏②，慰我飘零魂。及言有灵药，近在湘西原。服之不盈旬，蹩躠皆腾骞③。笑抃前即吏，为我擢其根④。蔚蔚遂充庭，英翘⑤忽已繁。晨起自采曝，杵臼通夜喧。灵和理内藏，攻疾贵自源。壅覆逃积雾，伸舒委余暄。

　　奇功苟可征，宁复资兰荪？我闻畸人术⑥，一气中夜存。能令深深息，呼吸还归跟⑦。疏放固难效，且以药饵论。痿者不忘起⑧，穷者宁复言？神哉辅吾足，幸及儿女奔。

[题旨]

　　柳宗元谪居永州，因瘴疠肆虐，疾病缠身，故尝栽种多种植物，一则作药草之用，一则赏心自娱。本诗及以下数首，皆系于元和四年（809）。仙灵毗，药草名，又称淫羊藿，味辛寒，有益气力、坚筋骨之效。

[注解]

①曳踵：指足部肿胀。

②野田吏：指当地农民。

③"蹩（xiè）躠"句：谓足疾痊愈，原来跛行的，现在已健步如飞。蹩躠，跛行貌。腾骞，飞腾貌。

④擢其根：意谓拔除病根。

⑤英翘：指植物长得高大。

⑥畸人术：谓已患腿疾，而得痊愈之事。

⑦"能令"二句：意谓得道者之呼吸可深至脚跟。跟，踵也。即脚后跟。《庄子·大宗师》："古之真人……其息深深。真人之息以踵，众人之息以喉。"

⑧"痿者"句：《史记·韩王信传》："痿人不忘起，盲者不忘视。"痿，风痹病也。

[赏析]

　　本诗充满欣喜，盖以腿疾得愈也。柳宗元偶得仙灵毗这个偏方，而且服之奏效，怎不令人狂喜？虽则如此，我们仍然看见一个孤独的影子，在南方山水瘴疠中，踽踽独行。试想，本为朝中要臣，而今足疾缠身，不得不遍寻药方，在繁茂的仙灵毗前，那瘦削失意的身影，又怎能不令人感叹呢？

种　术

守闲事服饵①，采术东山阿②。东山幽且阻，疲苶③烦经过。戒徒劚灵根④，封植閟天和⑤。违尔涧底石，彻我庭中莎⑥。土膏⑦滋玄液，松露坠繁柯。南东自成亩，缭绕纷相罗。晨步佳色媚，夜眠幽气多。离忧苟可怡，孰能知其他？爨竹茹芳叶⑧，宁虑瘵与瘥⑨？留连树蕙辞⑩，婉娩采薇歌⑪。悟拙甘自足，激清愧同波。单豹⑫且理内，高门复如何？

[题旨]

　　术，多年生草本植物，茎高二三尺，花有紫、碧、红数色，根肉白，可入药。诗由采术而联想到采薇，以喻自己的守拙清高。

[注解]

　　①守闲：赋闲无事。柳宗元自以为谪为永州司马，政务、职责甚轻，等于守闲一样。服饵：指道家服药养身之法。

　　②东山：殆指永州高山，在城东隅。阿：山阿，山弯曲处。

　　③苶（nié）：疲倦。

　　④"戒徒"句：指移植术草。劚（zhǔ），砍；斫。灵根，灵木之根，指术。

　　⑤閟天和：把天地灵和之气珍藏起来。閟，藏也。

　　⑥莎（suō）：莎草，泛指庭中其他杂草。

　　⑦膏：润泽之气。

　　⑧"爨竹"句：谓取竹生火，煎煮术草来喝。爨，炊也。茹，食也。

　　⑨瘵（zhài）与瘥（cuó）：瘵、瘥，病也。

　　⑩树蕙辞：屈原《离骚》："余既滋兰之九畹兮，又树蕙之百亩。"

　　⑪采薇歌：伯夷、叔齐不食周粟隐于首阳山而采薇作歌，以讽谏周王。此处"采薇"与前"树蕙"其实均指种术而言。

⑫单豹：《庄子·达生》："鲁有单豹者，岩居而水饮，不与民共利，行年七十而犹有婴儿之色。不幸遇饿虎，饿虎杀而食之。"此但取单豹善于养生之意。

[赏析]

名利是外在的，唯有内心的恬静，才是养生之道。谪居永州的柳宗元于此体悟特深，因此才会以单豹为例，表明自己"悟拙甘自足""高门复如何"，不再冀求显达的仕途，而以内心的和乐为贵。此诗前半描写术叶成亩，颇有田园幽趣；末则出言放旷，显现自在自得的心境。

种白蘘荷

皿虫①化为疬，夷俗多所神。衔猜每腊毒②，谋富不为仁。蔬果自远至，杯酒盈肆陈。言甘中必苦③，何用知其真？华洁事外饰，尤病中州人④。钱刀恐贾害⑤，饥至益逡巡。

窜伏常战栗，怀故逾悲辛。庶氏有嘉草，攻檜⑥事久泯。炎帝垂灵编，言此殊足珍。崎岖乃有得，托以全余身⑦。纷敷⑧碧树阴，眄睐⑨心所亲。

[题旨]

白蘘荷，蓴苴也。春初生叶，似甘蕉，根似姜而肥。其根茎堪为菹，治蛊毒。本诗旨在说明白蘘荷之功用及栽种之缘由。

[注解]

①皿虫：指蛊毒。相传中国西南一带有此巫术，聚虫为蛊，用以害人。

②"衔猜"句：意谓猜忌、挑拨的手段往往是最狠毒的。腊毒，毒性极强。腊，亟，极也。

③"言甘"句：《国语·晋语一》："言之大甘，其中必苦，谮在中矣。"意谓甜言蜜语之下，必有毁谤之心。

④"尤病"句：意谓中原人士虚伪矫饰。中州人，指中原人士。

⑤钱刀：指金钱财富。贾害，致祸。

⑥攻禬（guì）：指祭祀禳灾之法。攻，攻说也，祈祷仪式，祈其神求去之也。禬，除灾害也。《本草·白蘘荷图经》谓以嘉草除毒蛊，嘉草殆指白蘘荷。

⑦"崎岖"二句：点明种白蘘荷之原因，乃友人自崎岖山径中掘获以赠，希望给柳宗元保健身体。

⑧"纷敷"句：意谓白蘘荷在树荫上茂密生长。纷敷，茂盛貌。

⑨"眄（miǎn）睐"句：意谓内心极为欢喜。眄睐，顾盼也。

[赏析]

本诗前半描述西南地区之生活习俗，尤其民风与中土不同，又有蛊毒为害，因此令人忧心忡忡。次则就种白蘘荷之缘由加以说明。末结以碧草入眼，心旷神怡。

新植海石榴

弱植不盈尺①，远意驻蓬瀛②。月寒空阶曙，幽梦彩云生。粪壤擢珠树,莓苔插琼英③。芳根閟颜色,徂岁④为谁荣?

[题旨]

　　新种海石榴,怜其幼小,有感而发。海石榴,石榴的一种,落叶灌木,夏初开花,实为球状,赤色有黑斑,熟则自裂,子多浆,可食。

[注解]

　　①"弱植"句:谓海石榴的幼苗极矮小,不超过一尺(约30厘米)。

　　②"远意"句:谓海石榴原产于渤海之地,经引介而传入中土。蓬瀛,海中山名,指渤海中蓬莱、方丈、瀛洲。

　　③"粪壤"二句:言海石榴植非其所。粪壤、莓苔,均指恶劣环境。珠树、琼英,喻海石榴之美。

　　④徂岁:经年。徂,往也。

[赏析]

　　此诗怜惜海石榴之幼小,兼以环境恶劣,又忧虑它长成后,为谁欣欣向荣,充满着爱物之心。进一步看,这未尝不是柳宗元的自我写照:自中土南来的他,移居瘴疠蛮荒之地,和海石榴的处境十分近似。三、四句描写月下花影,相当清婉。

戏题阶前芍药

　　凡卉与时谢①,妍华丽兹晨。欹红醉浓露,窈窕留余春②。孤赏白日暮,暄风动摇频。夜窗蔼芳气,幽卧知相亲。愿致溱洧③赠,悠悠南国人。

[题旨]

此诗乃题芍药花之作。芍药,多年生草本植物,高一两尺,复叶,初夏开花,有红、白、紫等色,大而美艳。栽培的芍药,其根可入药,经加工后中医称之为"白芍"。

[注解]

①"凡卉"句:意谓一般的花卉随季节变化而凋谢,用以衬托芍药花之艳丽出众。

②留余春:芍药花开于春末夏初,故云"留余春"。

③溱洧:《诗经·郑风·溱洧》:"溱与洧,方涣涣兮。……维士与女,伊其相谑,赠之以勺药。"

[赏析]

本诗结构完整。前四句即指出芍药之美艳出众:春末百花凋谢,唯芍药绽放。三、四句尤见工笔。五至八句,写由日至夜观赏芍药的情趣,夜间芳气袭人,更令人感觉可亲可喜。末引用《诗经·郑风·溱洧》典故,颇有遐思。全篇清新婉丽,足为咏物典范。

植灵寿木

白华鉴寒水①,怡我适野情。前趋问长老,重复欣嘉名。寒连②易衰朽，方刚谢经营③。敢期齿杖赐④？聊且移孤茎。丛萼中竞秀，分房外舒英。柔条乍反植，劲节常对生。循玩足忘疲，稍觉步武轻。安能事剪伐，持用资徒行⑤。

[题旨]

本诗描写发现灵寿木并移植之经过。灵寿木，似竹，有枝节，长不过八九尺，围三四寸，自然有合杖制，不须削治也。

[注解]

①"白华"句：意谓此木临水而生长。白华，指灵寿木。鉴，照也。

②蹇连：《易经·蹇卦》："往蹇来连。"蹇、连，皆难也，意谓己行动艰难，已逐渐衰朽。

③"方刚"句：《诗经·小雅·北山》："旅力方刚，经营四方。"此反用其意，表示自己体力衰减，不复有经营四方之志。

④"敢期"句：意谓岂敢期望君王赐予老者之杖。齿杖，《周礼·秋官·伊耆氏》："掌国之大祭祀……共王之齿杖。"郑玄注："王之所以赐老者之杖。"

⑤"循玩"四句：谓己近来游山玩水，稍觉体健步轻，哪里需要砍伐此木，拿来当作木杖，以助步行呢？

[赏析]

本诗别有意趣。始则因灵寿木而自叹衰老；移栽之后，又稍觉体健步轻，不需倚赖木杖；其内心的感慨，则寄托于"蹇连"三句。全篇多处互相呼应。如"蹇连"二句与"循玩"二句，"齿杖赐"与"资徒行"，可谓章法谨严。

卷二

（元和五年至元和九年）

冉 溪

少时陈力希公侯①，许国不复为身谋。风波一跌逝万里，壮心瓦解空缧囚②。缧囚终老无余事，愿卜湘西冉溪地。却学寿张樊敬侯③，种漆南园待成器。

[题旨]

元和五年（810）冬，柳宗元在永州愚溪之上筑室为居。愚溪，原名冉溪，宗元改其名。以此诗"愿卜湘西冉溪地"句看，此诗当作于元和四年冬至五年春夏之际。

[注解]

①陈力：陈力就列，谓施展才力。希，求也、慕也。

②缧（léi）囚：比喻自己被贬永州，如同囚犯一般。缧，系也。

③寿张樊敬侯：指汉代樊重，字君云，尝欲作器物，先种梓漆，时人嗤之。然积以岁月，皆得其用。后光武帝刘秀追爵谥为寿张敬侯。见《后汉书·樊宏传》。

[赏析]

这首诗文气跌宕，首二句慷慨陈词，次则急转直下，末终归于坦荡平和。柳宗元被贬永州，对命运的捉弄，始终未能释怀，因此屡以"缧囚"自比，甚至写作《惩咎赋》《囚山赋》等，以明己志，个中悲情，非一时一地所能化解。所幸永州秀丽的山水，或多或少可以排遣这种孤寂的心情，尤其是卜居愚溪，更使其心境为之转化。"种漆南园待成器"至少代表他愿意沉潜山林，以待来日，此已较前卷若干诗作来得平和、无怨。

溪 居

久为簪组①累，幸此南夷谪。闲依农圃邻，偶似山林客。晓耕翻露草，夜榜②响溪石。来往不逢人，长歌楚天碧。

[题旨]

此为元和五年（810）迁居愚溪之初所作。同年十一月，已有《与杨诲之书》云："方筑愚溪东南为室，耕野田，圃堂下，以咏至理，吾有足乐也。"可与此参看。

[注解]

①簪组：冠簪和冠带。这里借指官宦。

②夜榜：夜间进船的声音。

[赏析]

沈德潜《唐诗别裁》卷四曰："愚溪诸咏，处连蹇困厄之境，发清夷淡泊之音，不怨而怨，怨而不怨，行间言外，时或遇之。"以此观之，

《溪居》确有清冷旷远的境界。例如"来往不逢人,长歌楚天碧",呈现一个孤独的形影,超脱世俗之外,他引吭高歌,也许是激烈的,也许是哀恸的,更有可能是清新洒脱、了无牵挂的。总之,他不再只是怨天尤人或自怜自苦,在歌吟之中,他宛如寻找到生命的另一个出口,可以恣意宣泄心中的所思所感。而"晓耕"二句,尤能烘托这种超逸淡泊的意境:"晓""夜"二字,代表时间的流逝,也点明躬耕农圃的生活乃如此恬静自然,清新的露草与远处的溪流声,更达到境与神会,引人进入悠远恬淡的意境。

闻籍田有感

天田不日降皇舆①,留滞长沙岁又除②。宣室无由问釐事③,周南何处托成书④?

[题旨]

籍田,谓天子躬耕于天田。古帝王于春耕前亲耕之,以奉祀宗庙,且寓劝农之意。又作藉田。据孙汝听注曰:"元和五年十月,宪宗诏来年正月十六日东郊籍田,敕有司修撰仪注。"

[注解]

①天田:指天子所躬耕之田,古制天子籍田千亩。皇舆:天子车也。

②"留滞"句:以贾谊贬长沙王傅比喻自己遭贬谪又经过一年。

③"宣室"句:贾谊遭贬,后岁余,文帝思贾谊,征之至。入见,

上方受釐（xī），坐宣室。上因感鬼神事，而问鬼神之本。谊具道所以然之故。参见《史记·屈贾列传》。釐，祭余肉也。此句借喻自己不得内诏，无由向天子进言。

④"周南"句：以司马谈留滞周南，不得随武帝封禅泰山，比喻自己不能跟随天子籍田。司马谈事，见《史记·太史公自叙》。

[赏析]

这首七绝，短短四行，却一声一泪，憾恨至极。柳宗元始终不能释怀的，还是那辅佐帝王，经世致用的心意。

夏初雨后寻愚溪

悠悠雨初霁①，独绕清溪曲。引杖试荒泉，解带围新竹②。沉吟亦何事？寂寞固所欲。幸此息营营③，啸歌静炎燠④。

[题旨]

作者以清新脱俗之笔，描绘了夏初雨后的愚溪景色。愚溪之得名，柳宗元以己之愚、拙，爱而名之，并且倾力营造胜景，以供游赏。刘禹锡有《伤愚溪诗》三首，其引云："子厚之谪永州，得胜地，结茅树蔬，为沼沚，为台榭，目曰愚溪。子厚殁三年，有僧游零陵，告余曰：'愚溪无复曩时矣！'一闻僧言，悲不能自胜，遂以所闻为七言以寄恨。"

[注解]

①霁：雨后天晴也。

②"引杖"二句：谓持木杖探测泉源，解下衣带测量竹的直径大小。王二梧《唐四家诗》评曰："幽人韵事，人未曾道。"

③营营：汲汲营营，喻为生活奔波。

④炎燠（yù）：炎热暑气。燠，暖也。

[赏析]

　　这首五律，清新雅致，有闲适之兴，亦有寂悟之言。首二句破题，勾勒夏初雨后的清新景象；三、四句显现亲身踏访的奇趣；五、六句则转入内心思考，由景入情，逐渐点出主旨；末二句结以长歌消暑，虽似戏语，但待人咀嚼者，正是吟啸中寂寞自适的心境。

雨后晓行独至愚溪北池

　　宿云①散洲渚，晓日明村坞。高树临清池，风惊夜来雨②。予心适无事，偶此成宾主③。

[题旨]

　　此为五言古诗，写夜雨翌晨，独至愚溪北池。按，柳宗元《愚溪诗序》："愚溪之上，买小丘为愚丘，自愚丘东北行六十步，得泉焉，又买居之为愚泉。愚泉凡六穴，皆出山下平地，盖上出也。合流屈曲而南，为愚沟，遂负土累石，塞其隘为愚池。愚池之东为愚堂。其南为愚亭。池之中为愚岛。嘉木异石错置，皆山水之奇者，以余故，咸以愚辱焉。……于是作八愚诗，纪于溪石上。"八愚诗今佚。于此可见柳宗元对愚溪诸景的喜爱，因此迭有寻幽访胜之作。

[注解]

①宿云：隔宿之云。

②"高树"二句：谓树上余雨，被风惊落也。

③"偶此"句：偶遇此境，相对如宾主。

[赏析]

由题目中的"雨后晓行"四字看，柳宗元确有寻幽访胜的雅兴，而这份兴致，更是来自于他对愚溪诸景的真心喜爱，所以才会不顾雨后道路湿滑，独访北池。"高树"二句，造语奇卓，"惊"字尤具动感，令人想见余雨乍坠的情景。末二句有"心与物化"的意味，"无事"见其心室虚空，不为俗虑所扰，乃可迎纳万物，与之为宾主、良朋，相知相惜。

旦携谢山人至愚池

新沐换轻帻①，晓池风露清。自谐尘外意，况与幽人②行。霞散众山迥，天高数雁鸣。机心付当路③，聊适羲皇④情。

[题旨]

此乃与谢山人同游愚池之作。愚池，见前引《愚溪诗序》。谢山人，不详。

[注解]

①新沐：刚洗完头发。《楚辞·渔父》："吾闻之，新沐者必弹冠，新浴者必振衣，安能以身之察察，受物之汶汶者乎？"轻帻：一作"巾帻"，指束发的头巾。

②幽人：指谢山人。

③"机心"句：意谓将权谋道术交付给当权达贵者，比喻自己不是其同类者。机心，心机、权谋。当路，权贵。

④羲皇：伏羲氏。陶渊明《与子俨等疏》："常言五六月中，北窗下卧，遇凉风暂至，自谓是羲皇上人。"此处意与之近，表示二人逍遥自在。

[赏析]

首句用《离骚·渔父》典故，已暗示自我之清高。故后七句用语激直，较少蕴藉。五、六句所描绘之景象，则高阔寥远，意兴洒然。

雨晴至江渡

江雨初晴思远步，日西①独向愚溪渡。渡头水落②村径成，撩乱浮槎③在高树。

[题旨]

此为雨后初晴，访愚溪渡口之作。

[注解]

①日西:日头偏西,指黄昏。

②水落:退潮。

③浮槎:浮木,指船只。

[赏析]

首二句点明时间、原因,三、四句描绘渡口退潮之景。带着闲情逸致,在退潮的黄昏,很清楚地看见村中小路,又看见远处小船仿佛挂在树梢,景色十分富有诗意。高步瀛《唐宋诗举要》卷一有云:"诸诗(按:谓咏愚溪诸作)皆神情高远,词旨幽隽,可与永州山水诸记并传。"

酬娄秀才将之淮南见赠之什

远弃甘幽独①,谁言值故人?好音怜铩羽②,濡沫慰穷鳞③。困志情惟旧,相知乐更新。浪游轻费日,醉舞讵伤春?风月欢宁间,星霜分益亲。已将名是患,还用道为邻④。机事齐飘瓦⑤,嫌猜比拾尘⑥。高冠⑦余肯赋,长铗⑧子忘贫。晼晚惊移律⑨,暌携⑩忽此辰。开颜时不再,绊足⑪去何因?海上销魂别,天边吊影身。只应西涧⑫水,寂寞但垂纶⑬。

[题旨]

此为酬赠之作。娄秀才,娄图南也,见前注。柳宗元本集有《送娄图南秀才游淮南将入道序》（卷二十五），诗当作于同时。王国安系之于元和六年（811）。其序引娄言曰："今夫取科者，交贵势，倚亲戚，……吾无有也。……少好道士言，饵药为寿，未尽其术，故往且求之。"可知娄乃厌倦宦海沉浮，故企求出世，舍儒入道。

[注解]

①"远弃"句：谓己得罪并遭贬谪。

②好音：喻娄图南。《诗经·邶风·凯风》："载好其音。"铩羽：谓羽毛摧落之鸟，不能高飞，用以自喻也。铩，残也。

③濡沫：《庄子·大宗师》："泉涸，鱼相与处于陆，相呴以湿，相濡以沫，不如相忘于江湖。"此处谓娄对己的情谊。穷鳞：困窘之鱼，用以自喻也。

④"已将"二句：谓将虚名视为忧患，而与"道"亲近也。

⑤机事：《庄子·天地》："有机械者必有机事，有机事者必有机心。"飘瓦：《庄子·达生》："虽有忮心者，不怨飘瓦。"此处谓将权谋之术视同飘瓦，不必在意、抱怨。

⑥拾尘：据《吕氏春秋·任数》载，孔子穷于陈、蔡之间，颜回索米得而爨之。孔子望见回攫甑中饭而食之。孔子佯为不见，而心有所疑惑。饭熟进孔子，孔子曰："今梦见先君，食洁，欲馈。"回曰："不可。向者炱煤（按：烟尘也）入甑中，弃食不祥，因攫而食之。"孔子乃明白事由，曰："所信者目，所恃者心。今心目不足信而恃矣。"后世遂以拾尘喻误会致疑。此处谓将人世间的猜忌视为颜渊拾尘般的误解，不必在意。

⑦高冠：屈原《离骚》："高余冠之岌岌兮，长余佩之陆离。"

⑧长铗：《战国策·齐策四》载，冯谖客孟尝君，未得重用，贫困如

旧,乃倚柱弹其剑铗,歌曰:"长铗归来乎,食无鱼。"类此者三,孟尝君乃使人给其食用,无使匮乏,于是冯谖不复歌。此谓娄图南虽同冯谖之贫而不以为意。

⑨晼晚:日暮也,比喻人之暮年者也。移律:谓岁月迁移。

⑩睽携:分离。

⑪绊足:羁绊,喻有所拘束而不得逞才者也。

⑫西涧:永州水名。

⑬垂纶:钓鱼。

[赏析]

柳宗元与娄秀才相知相契,故有此真情流露之作也。"相知乐更新"说明二人为新相知,但娄的深情厚谊,使柳宗元感觉患难见真情,"好音"二句,尤能点出这般心境。而二人之契合,并不是酒肉之交,而是羡慕彼此的高风亮节、超越世俗的好"道"之心。娄将往淮南,放下儒者的身份,改做道士修行,此固然是"得其所哉",但二人也从此远别,使柳宗元更感形单影只,孤芳自赏,只能寂寞地在西涧边垂钓自娱。由此诗可了解柳宗元困窒永州、独学无友的孤寂心境。

同刘二十八哭吕衡州兼寄江陵李元二侍御

衡岳新摧天柱峰①,士林憔悴泣相逢。只令文字传青简②,不使功名上景钟③。三亩空留悬磬室④,九原犹寄若堂封⑤。遥想荆州人物论,几回中夜惜元龙⑥。

[题旨]

元和六年（811）九月，柳宗元挚友，衡州刺史吕温卒，宗元作此诗悼之。刘二十八，指刘禹锡。刘先有《哭吕衡州时予方谪居》诗，柳乃和作。李、元二侍御，指李景俭、元稹，彼时同任江陵幕府。

[注解]

①衡岳：指湖南衡山。天柱峰：衡山诸峰之一。借以喻刚刚亡故的衡州刺史吕温。

②青简：指典籍。

③"不使"句：谓不得将功名镂刻于国家宝器上，盖因吕温亦为贬谪之人也。景钟，钟鼎名，指战国晋景公钟。

④"三亩"句：谓吕温亡故后，只余下狭窄空荡的居所。三亩，极言狭小也。悬磬室，《左传·僖公二十六年》："齐侯谓展喜曰：'室如悬磬，野无青草，何恃而不恐？'"

⑤"九原"句：谓吕温之墓如九原大夫墓般庄严方正。九原，《礼记·檀弓》："赵文子与叔誉观乎九原。"晋大夫墓地所在。堂封，《礼记·檀弓》："吾见封之若堂者矣。"郑玄注："封，筑土为垄。堂，形四方而高。"

⑥中夜：半夜。元龙：指三国魏之陈登，字元龙，在广陵有威名，年三十九卒。后荆州牧刘表与刘备共论天下人，刘备尝赞之曰："若元龙文武胆志。当求之于古耳，造次难得比也"。见《三国志·魏书·陈登传》。此处以元龙喻吕温之贤明。时李、元二人在江陵（荆州之地），故用此典，意谓遥想李、元二君在谈论人物时，不知会有几次忆起吕温，为他惋惜。

[赏析]

柳宗元又丧失了一位挚友,在悲恸之余,仍然为好友打抱不平,"不使功名上景钟"。对这些同遭贬斥而窜伏之人,美名不得流传青史,恐怕是最为伤恸的事。但在末几句,柳宗元很巧妙地以九原墓室与陈元龙典故,来赞誉吕温的贤能。末二句兼及李、元二人,在作法上尤见高明。

弘农公以硕德伟材屈于诬枉左官三岁复为大僚天监昭明人心感悦宗元窜伏湘浦拜贺末由谨献诗五十韵以毕微志

知命儒为贵,时中圣所臧①。处心齐宠辱,遇物任行藏②。关识新安地,封传临晋乡③。挺生推豹蔚④,遐步仰龙骧⑤。干有千寻竦,精闻百炼刚。茂功期舜禹,高韵状羲黄⑥。足逸诗书囿,锋摇翰墨场⑦。雅歌张仲⑧德,颂祝鲁侯昌⑨。宪府⑩初腾价,神州⑪转耀铓。右言⑫盈简策,左辖⑬备条纲。响切晨趋佩,烟浓近侍香。司仪六礼洽,论将七兵扬⑭。合乐来仪凤,尊祠重饩羊⑮。卿材优柱石,公器擅岩廊⑯。

峻节临衡峤⑰,和风满豫章⑱。人归父母育,郡得股肱良⑲。细故谁留念?烦言肯过防⑳。璧非真盗客㉑,金有误持郎㉒。龟虎休前寄㉓,貂蝉冠旧行。训刑方命吕㉔,理剧复推张㉕。直用明销恶,还将道胜刚。敬逾齐国社㉖,恩比召南棠㉗。

希怨㉘犹逢怒,多容竞忤强㉙。火炎侵琬琰,鹰击谬鸾凰㉚。刻木终难对，焚芝未改芳㉛。远迁逾桂岭，中徙滞余杭㉜。顾土虽怀赵㉝，知天讵畏匡㉞。论嫌齐物㉟诞，骚爱远游㊱伤。

丽泽周群品，重明照万方㊲。斗间收紫气，台上挂清光㊳。福为深仁集，妖从盛德禳。秦民啼畎亩，周士舞康庄㊴。采绶还垂艾，华簪更截肪㊵。高居迁鼎邑，遥傅好书王㊶。碧树环金谷，丹霞映上阳㊷。留欢唱容与，要醉对清凉。故友仍同里，常僚每合堂。渊龙过许劭㊸，冰鲤吊王祥㊹。玉漏天门静，铜驼御路荒㊺。涧瀍㊻秋潋滟，嵩少㊼暮微茫。遵渚徒云乐，冲天自不遑。降神终入辅，种德会明扬㊽。

独弃伧人国㊾，难窥夫子墙。通家殊孔李㊿，旧好即潘杨(51)。世议排张挚(52)，时情弃仲翔(53)。不言缧绁(54)枉，徒恨纆徽长(55)。贾赋愁单阏(56)，邹书怯大梁(57)。炯心那自是？昭世懒佯狂。鸣玉机全息，怀沙事不忘(58)。恋恩(59)何敢死？垂泪对清湘。

[题旨]

元和七年（812）秋，柳宗元之岳父杨凭自杭州长史入为王傅，宗元献诗五十韵以贺。杨凭，字虚受，弘农人，故尊称之为弘农公。元和四年，拜京兆尹，为御史中丞李夷简劾奏凭前为江西观察使赃罪及其他不法事。上遂贬焉。元和七年，立遂王宥为太子，逢赦，杨凭乃获召回京。杨凭受赃事，论者多以为实是李夷简挟嫌报复，故宗元谓之“屈于诬枉”也。

本诗共五十韵一百句，可酌分为五段：首段由杨氏先世叙起，历述杨凭事功；次段引用典故，辩明杨凭“屈于诬枉”，其刚正志节受人赞扬；三段叙述远迁江浙，为之感叹；四段笔锋一转，由立太子、大赦天下，带入杨凭回京，深受爱戴，欣喜可见；末段笔锋再转折，反思己身远谪蛮荒，有愧于杨、柳二家之交谊。贾谊、邹阳、屈原典故，尤能吐露柳宗元自伤身世的心情。

[注解]

①时中：喜怒哀乐不过节也。臧：善也。

②行藏：《论语·述而》："用之则行，舍之则藏。"喻出处之道。

③"关识"二句：言杨氏先祖杨仆数有大功，耻为关外民，上书乞徙东关。汉武帝乃徙函谷关于新安，去弘农三百里。下句谓杨氏先祖杨朗为秦将，有功，封临晋君。

④豹蔚：《易经·革卦》："君子豹变，其文蔚也。"喻杨凭极有文采。

⑤龙骧：《三国志·魏书·陈琳传》："今将军总皇威，握兵要，龙骧虎步，高下在心。"喻杨凭之威武。骧，跃也。

⑥"茂功"二句：上句谓期盼辅佐君主成为尧舜之君，下句谓辅佐君王使其如伏羲、黄帝般贤德。

⑦"足逸"二句：上句谓其所为者，超越经典的范限；下句谓其笔锋锐利，震撼时贤。

⑧张仲：周之贤臣，以孝友著称。

⑨"颂祝"句：此句及上句谓杨凭所结交者，皆贤士达贵也。鲁侯，指《鲁颂》所颂之僖公。

⑩宪府：监察御史。贞元中，杨凭任此职，故云。

⑪神州：指京师。

⑫右言：指杨凭尝为起居舍人。起居舍人一曰右史，即《礼记》所谓"言则右史书之"者也，故又称右言。

⑬左辖：指杨凭尝为左司员外郎。唐制，左丞掌管辖诸司，纠正省内，通判都省事。左司员外，掌副左丞所管诸司事者也。故亦称左辖。

⑭六礼：指杨凭尝为礼部郎中也。七兵：指杨凭尝为兵部郎中也。

⑮"合乐"二句：形容太常寺祭典，谓杨凭为太常少卿也。

⑯"卿材"二句：谓杨凭资质优良，为国之栋梁，名声显于朝廷。公器，《庄子·天运》："名，公器。"岩廊，喻朝廷。

⑰衡峤：衡山也，在衡州。贞元十八年九月，杨凭由太常少卿为湖南观察使。

⑱豫章：洪州郡名。永贞元年十一月，杨凭自湖南迁江西观察使，治洪州。

⑲股肱良：股肱良臣，指贤能的地方官。

⑳"细故"二句：暗指与李夷简结怨事。

㉑"璧非"句：《史记·张仪传》："张仪尝从楚相饮，已而楚相亡璧，门下意张仪，曰：'仪贫无行，必此盗相君之璧。'共执仪，掠笞数百，不服，释之。"

㉒"金有"句：《史记·范石张叔列传》："直不疑为郎，事文帝。其同舍有告归，误持同舍郎金去。已而金主觉，妄意不疑。不疑谢有之，买金偿。后告归者至而归金，亡金郎大惭。"此句及上句以典故暗喻杨凭之屈于诬枉。

㉓龟虎：指官印。休前寄：谓去官也。

㉔"训刑"句：谓杨凭受命为刑部侍郎。用《尚书·吕刑》典故。

㉕"理剧"句：谓杨凭元和四年自刑部为京兆尹也。理剧，指治务繁重。张，指汉代张敞。敞任京兆尹颇有治绩。

㉖齐国社：汉石庆为齐相，大治，为立石相社。

㉗"恩比"句：召南，指《诗经·召南·甘棠》所称颂之召伯。此句及上句皆在赞扬杨凭之贤能。

㉘希怨：少怨，行事不招惹他人。

㉙"多容"句：多容，多所宽容。此句及上句皆谓杨凭为人端正宽恕，但仍不免被李夷简妒恨。

㉚"火炎"二句：上句言炎火焚毁美玉，下句言鹰隼袭击鸾鸟。意谓李夷简奏劾杨凭江西赃罪及其他不法之事。

㉛"刻木"二句：上句谓杨凭身受诬枉，终难抗辩；下句谓贤人遇祸，犹不改其德。刻木，《汉书·路温舒传》："俗语曰：'画地为狱议不入，刻木为吏期不对。'"颜师古注曰："画狱、木吏尚不入对，况真实乎！"

㉜"远迁"二句：谓杨凭继续徙余杭长史也。

㉝"顾土"句：《史记·廉颇蔺相如列传》云，廉颇一为楚将无功，曰："我思用赵人。"廉颇本赵将故也。此处谓杨凭迁谪江浙，有思怀故土之情。

㉞"知天"句：《论语·子罕》云，子畏于匡，曰："天之未丧斯文也，匡人其如予何？"此处谓杨凭知天命、善出处，何庸畏惧谗佞小人。

㉟齐物：指《庄子·齐物篇》。此谓《齐物篇》所云人与万物同一生死，乃属荒诞之言。

㊱远游：指《楚辞·远游篇》，以屈原"履方直之行，不容于世。上为谗佞所谮毁，下为俗人所困极"等意比喻杨凭迁谪之事。

㊲"丽泽"二句：指天子之德泽及四方万物。丽，连也。

㊳"斗间"二句：以豫章人雷焕得宝剑，宝剑出土事，喻杨凭之冤屈终获昭雪。雷焕事，见《晋书·张华传》。

㊴"秦民"二句：谓杨凭复用，众人同为之欣喜。

㊵截肪：喻美玉之洁白。

㊶好书王：原指汉景帝子河间献王，修学好古，实事求是。此处谓杨凭自杭州召还，居洛阳为诸王傅事。

㊷“碧树”二句：形容杨凭出入洛阳权贵之家。金谷，晋石崇之别馆。上阳，宫名。

㊸许劭：东汉许劭，汝南平舆人也。与其兄虔，知名于当世，汝南人称平舆有二龙焉。此以指许孟容及许司业。

㊹王祥：晋代孝子王祥，卧冰求鲤以事母。此以指王仲舒。

㊺“玉漏”二句：形容深夜京城的宁静。玉漏，计时器。铜驼，汉代铸铜驼二枚，在宫之南四会道，夹路相对。

㊻涧瀍：皆水名。

㊼嵩少：指嵩山之西。

㊽种德：布行德泽。明扬：《尚书·尧典》：“明明扬其侧陋。”

㊾伧人国：永州古楚地，故称。用以自况。

㊿“通家”句：意谓杨、柳两家有世交之谊，与相传孔、李二姓通家之好是不一样的。东汉孔融幼时求见李膺，自谓通家子弟，李膺乃接见。问其故，则曰：“先君孔子与君先人李老君同德比义而相师友，则融与君累世通家。”孔李通家，乃孔融杜撰也，以见其机智。

(51)“旧好”句：潘岳《怀旧赋》：“余十二而获见于父友东武戴侯杨君，始见知名，遂申之以姻好。”杨君名肇，以女妻岳。柳宗元为杨凭婿，故有此喻。

(52)“世议”句：《史记·张释之列传》：“（释之之子）张挚，字长公，官至大夫，免。以不能取容当世，故终身不仕。”

(53)仲翔：《三国志·吴书·虞翻传》：“虞翻，字仲翔，会稽余姚人也。……孙权以为骑都尉。翻数犯颜谏争，权不能悦，又性不协俗，多见谤毁，坐徙丹阳泾县。”张挚、虞翻，皆柳宗元自喻。

(54)缧绁：古代用以捆绑犯人的黑色绳索，比喻监牢。

�55缧徽长：一作"缧牵长"。缧，墨绳。比喻囚禁多时，亦即唯恨自己遭贬谪已多年。

�56"贾赋"句：贾谊被贬长沙，作《鵩鸟赋》曰："单阏之岁，鵩集予舍。"单阏，卯年之谓也。

�57"邹书"句：邹阳事梁孝王，介于羊胜、公孙诡之间。胜等疾阳，恶之孝王。王怒，下阳吏，将杀之。阳乃从狱中上书，王立出之。此句及上句皆以贾谊、邹阳遭贬斥之厄运自比。

�58"怀沙"句：屈原既放逐，乃作《怀沙》之赋，自投汨罗江而死。借以喻己忠君爱国，以屈原为典范。

�59恋恩：感念天子恩德。此言己之所以苟且偷生之故。

[赏析]

本诗篇幅较长，最值得注意的是用典繁多，对偶工整，充分显现了作者熔铸经史的才力，如此写来使全篇气势磅礴，掷地有声。在情感的抒发上，以杨凭的事迹为主，历叙其才情与仕宦生涯的起伏。末段以"独弃伧人国，难窥夫子墙"二句，易宾为主，巧妙转入抒写己身遭遇与感怀，连连以张挚、虞仲翔、贾谊、邹阳、屈原等失意贤士自比，可谓哀戚逾恒，又云"恋恩何敢死"，益见其渴望获得平反的卑微心愿。

与崔策登西山

鹤鸣楚山静，露白秋江晓。连袂①渡危桥，萦回出林杪。西岑极远目，毫末皆可了②。重叠九疑高，微茫洞庭小。迥穷两仪际，高出万象表。驰景泛颓波，遥风递寒篠③。谪居安所习？稍厌从纷扰。生同胥靡遗④，寿等彭铿夭⑤。蹇连困颠踬，愚蒙怯幽眇。非令亲爱⑥疏，谁使心神悄？偶兹遁山水，得以观鱼鸟。吾子幸淹留，缓我愁肠绕。

[题旨]

元和七年（812）秋，柳宗元与崔策登西山，作此诗。崔策，字子符，宗元姊婿简之弟。宗元《送崔子符罢举诗序》云："居草野八年，……崔子幸来而亲余，读其书，听其言，发余始志。若寤而言梦，醒而问醉，未及悉而告余以行。余惧其悼时之往而不得于内也，献之酒，赋之诗而歌之。"可知二人相见甚欢，无话不谈，但崔策来永州不久，即告别而行，颇让宗元怅惘。

[注解]

①连袂：携手、一同之意。袂，衣袖。

②"西岑"二句：意谓西山势高，在其上俯视大地万物，一目了然。毫末，喻细小之物。了，明白清晰。

③篠：竹名。

④"生同"句：《庄子·庚桑楚》："胥靡登高而不惧，遗死生也。"胥靡，谓罪犯、贱役之人。意谓己身如胥靡小吏，已不在意生死之事。

⑤"寿等"句：《庄子·齐物论》："天下莫大于秋毫之末，而大山为小；莫寿于殇子，而彭祖为夭。"彭铿，即指彭祖。此句意谓己为刑余之人，就算年齐彭祖，亦不为寿。

⑥亲爱：指亲人友朋。

[赏析]

　　本诗首叙向晓之景,次状西山之高,次记谪居之况,末冀崔之暂留也。"鹤鸣""露白",有点染秋色之效用;"连袂渡危桥",则呈现携手同游的温馨画面。诸句形容登高所见者,揽天地、凌万物,气象高远。而对于己身遭遇之感,以生无用、寿无益等语,迭见其内心忧虑。末以"非令亲爱疏,谁使心神悄",引出故人来访的欣慰,并进一步提出挽留之意。全篇可谓景语、情语相得益彰。

南涧中题

　　秋气集南涧,独游亭午①时。回风一萧瑟,林影久参差。始至若有得,稍深遂忘疲。羁禽响幽谷,寒藻舞沦漪②。去国魂已游③,怀人泪空垂。孤生易为感,失路少所宜。索寞竟何事?徘徊只自知。谁为后来者④,当与此心期。

[题旨]

　　元和七年(812)十月十九日,柳宗元自袁家渴西南行,得石渠。自石渠上由桥西北下土山之阴,至石涧,作《石涧记》。此诗或与记作于同时。

[注解]

　　①亭午:中午。亭,正也。
　　②沦漪:水上涟漪。

③"去国"句：谓己被贬谪在外，精神颓丧恍惚。去国，原指离开故国，此指遭贬谪。

④后来者：指后来被迁谪于此者。

[赏析]

本诗颇受历代评论家的赏识，以其平淡古雅之故也。例如汪森《韩柳诗选》曰："起结极有远神，正以平淡中有纤徐之致耳。"沈德潜《唐诗别裁》卷四云："语语是独游。东坡谓柳仪曹《南涧》诗，忧中有乐，妙绝古今，得其旨矣。'始至若有得，稍深遂忘疲。'为学仕宦亦如是观。"细观此诗，句句扣紧独游之情思，益见秋气飒爽，空山幽独的情境。而"羁禽""寒藻"动我去国之思，则由景入情，使全篇由乐转忧。"索寞""徘徊"之语，别见穷愁潦倒，唯将此情寄托于后来者。结语听云，凝练深远。

入黄溪闻猿

溪路千里曲，哀猿①何处鸣？孤臣泪已尽，虚作断肠声。

[题旨]

元和八年（813）五月十六日，柳宗元曾游黄溪，归而作《黄溪记》。秋，宗元又从刺史袁彪至黄溪黄神祠祈雨。本诗可能与记同时作，或作于秋日祈雨时。黄溪，在零陵县东七十里，九疑山之西境。

[注解]

①哀猿：楚地古多猿，猿声凄厉哀婉。

[赏析]

本诗前二句点题，后二句入情；尤其以猿声哀凄而我无泪可滴，更翻出新意，益见其悲。

韦使君黄溪祈雨见召从行至祠下口号

骄阳愆岁事①，良牧念菑畬②。列骑低残月，鸣笳度碧虚。稍穷樵客路，遥驻野人居。谷口寒流净，丛祠③古木疏。焚香秋雾湿，奠玉④晓光初。肸蠁巫言报⑤，精诚礼物余。惠风仍偃草，灵雨⑥会随车。俟罪非真吏⑦，翻惭奉简书⑧。

[题旨]

元和八年（813）秋，永州刺史韦彪至黄溪黄神祠祈雨，召柳宗元随行，宗元因口号此诗以示意。口号，口头占诗。

[注解]

①"骄阳"句：谓久旱误农事。岁事，农事。

②良牧：谓韦使君。菑畬（zī yú）：泛指耕田种植之事。

③丛祠：乡野林间之神祠。

④奠玉：以美玉祭祀。

⑤肸蠁（xī xiǎng）：兴盛貌，喻神灵有所感应。报：谓祈神获得回报，降下灵雨。

⑥灵雨：佳雨，甘霖。

⑦"俟罪"句：谓己待罪之人，所任司马员外之职，依令不得治事，犹如虚位，故云"非真吏"。

⑧"翻惭"句：表自谦之意，以为自己实不配随从祈雨。简书，指韦使君见召之书札也。

[赏析]

本诗之对象为永州刺史，既须言及其为民祈雨的德政，又不能流于溢美，其间的分寸最难拿捏。而柳宗元以"良牧念畜牵"点出本事，其下则叙秋日祭祀神祠之情景；又以惠风甘霖之灵验，显示刺史祈雨之挚诚感天，用语自然不造作，表现出不卑不亢的态度。

同刘二十八院长述旧言怀感时书事奉寄澧州张员外使君五十二韵之作因其韵增至八十通赠二君子

弱岁游玄圃①，先容幸弃瑕②。名劳长者记，文许后生夸。鹦翼尝披隼③，蓬心类倚麻④。继酬天禄署⑤，俱慰甸侯家⑥。宪府⑦初收迹，丹墀共拜嘉。分行参瑞兽⑧，传点乱宫鸦⑨。执简宁循枉，持书每去邪⑩。鸾凰标魏阙⑪，熊武负崇牙⑫。辨色宜相顾，倾心自不哗。金炉仄流月，紫殿启晨椵⑬。

未竟迁乔乐,俄成失路嗟⑭。还如渡辽水⑮,更似谪长沙⑯。别怨秦城⑰暮,途穷越岭⑱斜。讼庭闲枳棘,侯吏逐麋麚⑲。三载皇恩畅⑳,千年圣历遐。朝宗延驾海,师役罢梁溠㉑。京邑搜贞干,南宫步渥洼㉒。世推材是梓,人仰骥中骅。欻刺苗人地,仍逾赣石崖㉓。礼容垂瑾珲㉔,戎备响钲鍜㉕。宠即郎官旧,威从太守加。建旟翻鸷鸟㉖,负弩绕文蛇㉗。册府荣八命,中闱盛六珈㉘。肯随胡质㉙矫,方恶马融奢㉚。褒德符新换,怀仁道并遮㉛。俗嫌龙节晚,朝讶介圭赊㉜。禹贡输苞匦㉝,周官赋秉秅㉞。雄风吞七泽,异产控三巴㉟。即事观农稼,因时展物华。秋原被兰叶,春渚涨桃花。令肃军无扰,程悬市禁赊㊱。不应虞竭泽㊲,宁复叹栖苴㊳。蹀躞㊴骊先驾,笼铜㊵鼓报衙。染毫东国素㊶,濡印锦溪砂㊷。货积舟难泊,人归山倍奢㊸。吴歈工折柳,楚舞旧传芭㊹。隐几松为曲㊺,倾樽石作污㊻。寒初荣橘柚,夏首荐枇杷。祀变荆巫祷,风移鲁妇髽㊼。已闻施恺悌,还睹正奇邪㊽。

慕友惭连璧㊾,言姻喜附葭㊿。沉埋全死地,流落半生涯。入郡腰恒折,逢人手尽叉[51]。敢辞亲耻污,唯恐长疵瘕[52]。善幻迷冰火[53],齐谐笑柏涂[54]。东门牛屡饭[55],中散虱空爬[56]。逸戏看猿斗,殊音辨马挝[57]。渚行狐作孽,林宿鸟为痄[58]。同病忧能老,新声厉似姱[59]。岂知千仞坠,只为一毫差。守道甘长绝,明心欲自剚[60]。贮愁听夜雨,隔泪数残葩。枭族音常狧,豺群噱竞呀。岸芦翻毒蠚,溪竹斗狂麖[61]。野鹜行看弋,江鱼或共叉。瘴氛恒积润,讹火[62]亟生煆。耳静烦喧蚁,魂惊怯怒蛙。风枝散陈叶,霜蔓绽[63]寒瓜。雾密前山桂,冰枯曲沼荙。思乡比庄舄[64],遁世遇睢夸[65]。渔舍茨[66]荒草,村桥卧古槎。御寒衾用毳[67],挹水勺仍椰[68]。窗蠹惟潜蝎,甍涎竞缀蜗。引泉开故窦，护药插新笆。树怪花因槲[69]，虫怜目待虾[70]。骤歌喉易嗄[71]，饶醉鼻成齇[72]。曳捶牵羸马[73]，垂蓑牧艾豭[74]。已看能类鳖，犹讶雉为鷨[75]。谁采中原菽，徒巾下泽车[76]。俚儿供苦笋，伧父馈酸楂[77]。劝策扶危杖，邀持当酒茶。道流征短褐，禅客会袈裟。香饭舂菰米[78]，珍蔬折五茄[79]。方期饮甘露，更欲吸流霞。屋鼠从穿穴，林狙任攫拿。春衫裁白纻，朝帽挂乌纱。屡叹恢恢网[80]，频摇肃肃罝[81]。衰荣因蓂荚[82]，盈缺几虾蟆[83]。路识沟边柳，城闻陇上笳。共思捐佩处[84]，千骑拥青緺[85]。

［题旨］

这是一首和诗。刘二十八，指刘禹锡。院长，唐代外郎御史遗补相呼为院长。澧州张员外，谓张署，贞元十九年与韩愈、李方叔三人为幸臣李实所谗，俱为县令南方，后至澧州刺史。刘禹锡先作五十二韵之诗寄赠张署，柳宗元乃沿用其韵（麻韵），增至八十韵，以述旧、言怀、感时为主旨，寄赠刘、张二位。

全篇凡八十韵、一百六十句，酌分为三段：首段叙己与张署历任及同为御史之意；次段历叙张之迁转，自贬郴州县令以及为澧州刺史中间情事，以彰显张之政绩；末段转述己事，结以“共思”，兼刘禹锡在内，同表思念之意。

［注解］

①“弱岁”句：柳宗元年十七求进士，四年乃登第，故云。弱岁，二十岁。玄圃，本为昆仑山之乐园，此指京师文苑。

②“先容”句：谓幸有长辈师友先行为之修饰，故得以摒除缺点。

容,雕饰。瑕,缺失。

③"鹖翼"句:庾信《哀江南赋》:"隼翼鹖披,虎威狐假。"此处为自谦之词,谦称自己依附前辈时贤才能振作名声。鹖,雀类小鸟。隼,鹰类。

④"蓬心"句:《荀子·劝学》:"蓬生麻中,不扶自直。"此处亦以蓬心自谦,意谓依附前辈贤能者而能自立。此句及上句皆暗指仰慕张署之意。

⑤天禄署:谓二人尝同任职于天禄阁。张尝为校书郎,宗元为集贤殿正字,故云。

⑥甸侯家:谓二人尝同为京畿之地的侯尉。张尝为京兆武功尉,宗元为蓝田县尉,俱京畿之地。

⑦宪府:谓御史之职。张自武功尉拜为监察御史,宗元自蓝田尉入为监察御史。

⑧"分行"句:谓参御史之列,分立于朝班也。瑞兽,指戴獬豸冠之御史。

⑨"传点"句:形容朝会情景。天子视朝前,以云板传点司事之人,晨鸦亦飞舞于天。

⑩执简、持书:皆指执行监察御史的任务。宁:岂可。去邪:纠举弹劾不法弊端。

⑪"鸾凤"句:比喻贤士在朝。鸾凤,喻贤士。魏阙,指朝廷。

⑫"熊武"句:旌旗飘扬,比喻朝政威武清明。熊武,即熊虎,"虎"避讳改"武",旌旗上之图案。崇牙,旌旗周边之齿状装饰。

⑬"金炉"二句:仍形容朝会时景象。金炉,指紫殿上之熏炉。赮,赤色,日出之光。

⑭"未竟"二句:谓张未能继续升迁,反而因忤幸臣李实而被贬

郴州。

⑮渡辽水：指汉代崔骃因谏窦宪，出为长岑长，其地在辽东。

⑯谪长沙：指贾谊为绛、灌、冯敬等妒害，被谪长沙王太傅。

⑰秦城：指长安。

⑱越岭：即谓郴州。

⑲"讼庭"二句：叹贤者投闲置散，不得重用。

⑳"三载"句：张自贞元十九年被贬官，至元和元年宪宗即位，大赦天下，凡三年。

㉑"朝宗"二句：谓张终能自外地调回京师。朝宗，谓百川朝海，喻人臣朝见天子。梁溠，筑桥于溠水上。

㉒"京邑"二句：意同上联。贞干，犹言栋梁之材。南宫，汉武帝得神马渥洼水中，后迳以名良马。按，元和二年，张拜京兆府司录，岁余又迁刑部员外郎。

㉓"欻刺"二句：指张出为虔州刺史。虔属江南道，古三苗之地。赣，县名，属虔州。

㉔垂璏琫：谓佩剑，唐制五品以上朝服有剑。璏琫，刀剑鞘上之玉饰。璏，佩刀下饰。琫，上饰。

㉕响钲鍜：谓仪仗器械铠甲相击之声。钲鍜，铠甲，唐四品官以上佩戴。张任于虔州，位从三品。

㉖"建旟（yú）"句：指州刺史所立之旗帜。翻鸶鸟，谓旗帜飘扬。旗画有鸟隼图像，故云。

㉗"负弩"句：指弓弩上绘有蛇形图纹。

㉘八命：刺史之职。中闱：姻亲也，指张之妻室。张娶河东柳氏女，与宗元为姻亲，故此处言及中闱。六珈：女子簪发之金玉饰物。

㉙胡质：晋胡质为荆州刺史，父子俱皆俭朴清慎，然后人有以为矫

情者。

㉚"方恶"句：此句及上句谓张愿效法胡质之俭朴清慎，而厌恶如马融那般奢华。马融，东汉马融，经学大师，然居宇器服，多存侈饰。

㉛"褒德"二句：上句指张自虔州改授澧州刺史。换符，即谓改授官职。下句言虔人怀其仁德，遮道留之。据韩愈《张君墓志铭》，张治虔州，端正礼俗、兴利除弊，颇有治绩，甚得民心。

㉜"俗嫌"二句：言朝野上下，都讶异张之入京如此之迟。龙节，使臣所持之信物。介圭，士大夫朝觐时所持之玉版。

㉝"禹贡"句：《尚书·禹贡》载荆州所贡有苞匦菁茅。苞，橘柚。匦，匣也。澧属山南道，即古荆州之地。

㉞"周官"句：此句及上句极言澧州物资丰富也。《周礼·秋官·掌客》载诸侯进贡之制，秉、秅，皆容量单位。

㉟"雄风"二句：皆指澧州物产丰饶，傲视楚之七泽及蜀之三巴。

㊱"令肃"二句：谓制定法律，买卖不得赊欠。程，法规、章程。贳，贷也，赊也。

㊲虞竭泽：忧虑渔产枯竭。竭泽而渔，喻暴政。

㊳"宁复"句：此句及上句赞张之施仁政，百姓安乐，无忧无虑。栖苴，喻旱岁之人，枯槁无润泽，如树上之栖苴。栖苴，喻失治无道。苴，水中浮草。

㊴蹀躞：马行貌。

㊵笼铜：状声字，形容鼓声。

㊶东国素：唐时徐、齐、兖诸州皆贡绢。

㊷锦溪砂：锦州盛产丹砂。

㊸畲：火耕。

㊹"吴歈"二句：上句谓吴歌以《折杨柳》最为美妙，下句谓楚舞

柳宗元诗选 | 111

多持香草舞之。《楚辞·礼魂》："盛礼兮会鼓，传芭兮代舞。"芭，巫者所持香草。

㊺"隐几"句：谓以松为曲几，凭几而卧。

㊻"倾樽"句：以石为污（wā）樽。污，今作"窊"，洼也。

㊼"祀变"二句：谓张除淫祠、移风俗也。髽，丧髻也。邪，恶也。

㊽奇邪：诡谲也。邪，恶也。

㊾连璧：《晋书·夏侯湛传》载，湛与潘岳友善，每行止，同与接茵，京都谓之连璧。此处谓己为待罪之人，有愧于与张列为连璧良友。

㊿附葭：喻姻亲。见注㉘。

(51)"沉埋"四句：极言己身遭贬谪之卑微困顿。折腰、叉手，皆卑躬屈膝貌。

(52)"敢辞"二句：谓不敢奢望免受屈辱，只怕长久下来，必将病倒。亲，近也。亲耻污，即含耻忍垢也。瘕，病也。

(53)"善幻"句：谓善幻者耍弄手段，迷惑世人。迷冰火，谓诈惑之术。

(54)"齐谐"句：谓己身陷困境，徒遭讥笑。齐谐，志怪之书。柏涂，松柏之径，经常低湿幽暗，故比喻困窘之境。涂，同"途"。

(55)"东门"句：《淮南子·道应》载，宁戚饭牛而歌，桓公闻之，知其贤，举为客卿。此处以"牛屡饭"谓己之始终不遇也。

(56)"中散"句：晋嵇康为中散大夫，山涛为吏部郎，举康自代。康遗涛《绝交书》曰："性复多虱，把搔无已。"此以嵇康自比，谓己失意多时，故人疏绝。

(57)"逸戏"二句：极言己所在之永州，枯索寂寥也。马挝，马鞭，此谓鞭声。

(58)"渚行"二句：文意同上，以狐、蘷、怪鸟，喻其地之蛮荒危险。

蘖，禽兽虫蝗之怪也。瘥，病也。

(59)“同病”二句：指刘禹锡与己同遭贬斥，同病相怜，以表达与刘禹锡作诗之意。新声，谓刘所作之诗。姱，好也。

(60)“岂知”四句：极言己痛苦至极，常有跳崖自刎之意。刭，自刎也。

(61)“枭族”四句：形容永州怪禽猛兽，令人骇怕。呀，张口貌。麈，兽名，重千斤，出巴中。

(62)“瘴氛”二句：谓其地燠热，常有野火燃烧。讹火，野火。煆，火气。

(63)縋：一作“缒”，坠也、挂也。

(64)庄舄：《史记·张仪列传》载越人庄舄仕楚执圭，有顷而病。此用以喻己之思乡情切。

(65)眭夸：《魏书·逸士传》载，眭夸，少有大度，不拘小节，耽志书传，未曾以世务经心。高尚不仕，寄情丘壑。此用以喻己在永州如隐逸遁世者。

(66)茨：覆也。

(67)罽：毡类毛织物。

(68)“挹水”句：谓以椰果之皮做勺舀水。

(69)槲：木槲花，南方所有，多生于古树朽壤中。

(70)目待虾：水母也。其有口而无目，常有虾随之，食其涎，浮涎水上。

(71)嗄：声哑也。

(72)齇（zhā）：鼻上疱也，今言酒糟鼻也。

(73)捶：同“棰”，马鞭。羸马：瘦马。

(74)艾豭：老公猪。艾，老也。豭，公猪也。

⑦⑤鹖（huá）：鸟名，似雉。

⑦⑥"谁采"二句：谓己独在楚地，谁能为采中原之菽，只能寂寞地给车子盖上车衣，喻无家园之乐也。巾，当动词，披以车衣也。下泽车，指利于泽行的短毂车。

⑦⑦俚儿：指黎族人。伧父：指楚人。酸楂：山楂。

⑦⑧菰米：茭白笋。

⑦⑨五茄：五加皮，药草名。

⑧⑩恢恢网：《老子》："天网恢恢，疏而不漏。"

⑧①"频摇"句：肃肃罝（jū），《诗经·周南·兔罝》："肃肃兔罝。"此句及上句喻己之罹罪，如遭天罗地网，难以脱逃。

⑧②蓂荚：草名，又名历荚，十五叶，日生一叶，自朔至望，毕。从十六日起，日毁一叶，至晦而尽。月小则一叶卷而不落。

⑧③虾蟆：即蟾蜍，传月中有兔与蟾蜍，故用以代月。

⑧④捐佩处：《楚辞·湘君》："捐余玦兮江中，遗余佩兮澧浦。"澧浦，今澧州也，张为其州刺史，故及之。

⑧⑤青绲（guā）：二千石者，佩青绲。绲，系印石之紫绳。

[赏析]

本篇较前选五十韵之作更为宏伟，充分展现了柳宗元的才力。汪森《韩柳诗选》评曰："局度宽，格律紧，韵脚险，属对精，于此见柳诗力量。"又曰："前半是述旧，后半是感时，总因柳州与张同为御史，故起处揭出此意，而下乃分叙其遭遇也。"又曰："柳诗雅炼整密，其胜人处亦自好学中得来，因非小家数所能仿佛也。长律尤其奇伟。"又曰："用韵极奇险而无字不典，无意不稳。六麻韵中字几尽矣，而笔力宽绰有余，此可悟长诗用险韵之法。"可知此篇之布局、格律、用韵、对偶、用典等，均有其长处,其中不无与刘禹锡争奇斗险之意,以凸显"和"诗的功力。然观其所言永州诸景,在奇风异俗之外,益见待罪之身的落拓失意,这一份诚挚的心意,也是不容抹杀的。

段九秀才处见亡友吕衡州书迹

交侣①平生意最亲,衡阳往事似分身②。袖中忽见三行字③,拭泪相看是故人。

[题旨]

段九秀才,谓段弘古。元和九年(814)二月间,尝至永州,居六月,于八月十六日卒。段颇受吕温、李景俭器重。吕温,谪衡州刺史,故云吕衡州,卒于元和六年(811)八月。此诗是柳宗元在段处看见吕温遗留之手迹的感言。

[注解]

①交侣:结交为友朋。或谓"侣"当作"吕",指吕温。

②衡阳:衡州治所。分身:相似的身影,谓吕温音容宛在。

③"袖中"句:《古诗十九首·孟冬寒气至》:"置书怀袖中,三岁字不灭。"此处喻乍见故人吕温书迹。

[赏析]

本诗用语平淡,而情意真切。"袖中"句借用典故,巧妙传达了不忘故人之意。

从崔中丞过卢少府郊居

寓居湘岸四无邻,世网难婴①每自珍。莳药闲庭延国老,开樽虚室值贤人②。泉回浅石依高柳,径转垂藤间绿筠③。闻道偏为五禽戏④,出门鸥鸟更相亲。

[题旨]

崔中丞,永州刺史崔能也。卢少府,未详其人。此为柳宗元陪同崔能拜访卢少府郊外住宅的诗,作于元和九年(814)春。

[注解]

①世网难婴:《昭明文选·陆机·赴洛道中作》:"借问子何之?世网婴我身。"此处反用其意,乃称赞卢宅超越尘世,值得珍爱。婴,绕也。

②"莳药"二句:此二句对仗极工整,或以为国老指崔能,贤人则谦言己非清流也。莳药,种植药草。国老,指甘草,谓其于诸药中为君也。开樽,打开酒坛,以酒宴客。贤人,《魏志·徐邈传》:"鲜于辅云:'醉客谓酒清为圣人,浊者为贤人。'"

③筠:竹。

④五禽戏:《后汉书·华佗传》载华佗言:"吾有一术名五禽之戏,一曰虎,二曰鹿,三曰熊,四曰猿,五曰鸟。体有不快,起作一禽之戏,以当导引。"此处"五禽"当与下句"鸥鸟"相对,意谓与万物和谐相

处,毫无机心。

[赏析]

  这首诗属应酬之作,必须赞美主人及其宅第,以符合拜访者的角色。全篇由"郊"居着眼,点出此地超越俗世,主人更是清高无为。流泉、浅石、高柳与绿竹,构成林间乡野的幽趣,五禽与鸥鸟,更衬托主人仙风道骨的气息。"国老""贤人"二语,更见高明,不着痕迹地抬高了崔能的身份,也适当地表现了自己的参与。

晨诣超师院读禅经

  汲井漱寒齿,清心拂尘服。闲持贝叶书①,步出东斋读。真源②了无取,妄迹③世所逐。遗言④冀可冥,缮性⑤何由熟?道人庭宇静,苔色连深竹。日出雾露余,青松如膏沐⑥。澹然离言说,悟悦心自足⑦。

[题旨]

  超师,永州之僧也。柳宗元《霹雳琴赞引》记零陵湘水西有震余之枯桐,超道人取以为三琴,疑即此超师。本诗主旨在揭示忘言而悟的道理。作于永州,而年月不可考。本卷以下诸篇亦然,兹依原集次序先后排列。

[注解]

  ①贝叶书:西域有贝多树,唐人以其叶写经,故曰贝叶书。指佛经。

②真源：谓佛教真谛。

③妄迹：指拘泥于物，执着表相的怪诞言行。

④遗言：指佛典。

⑤缮性：修身养性。

⑥"青松"句：谓青松被晨雾露水洗涤，清新无比。膏沐，《诗经·卫风·伯兮》："岂无膏沐，谁适为容。"本指洁肤润发之乳浆。

⑦"澹然"二句：谓浏览四周自然景色，不知不觉远离了经典文字的束缚，怡然自得，心有所悟。

[赏析]

  柳宗元被谪放永州，始与僧徒密切往来，谈玄论理。他和韩愈不同，韩愈排佛，宗元好佛。其《送僧浩初序》云："儒者韩退之与余善，尝病余嗜浮图言，訾余与浮图游。……退之忿其外而遗其中，是知石而不知韫玉也。吾之所以嗜浮图之言以此。……且凡为其道者，不爱官，不争能，乐山水而嗜闲安者为多。吾病世之逐逐然唯印组为务以相轧也，则舍是其焉从？吾之好与浮图游以此。"由此可知他和僧道往来的心理。而本篇描述晨读之景，清新自然，在游目赏心中，反而能够因指见月，览物境而自得，颇有禅趣。

赠江华长老

  老僧道机熟，默语心皆寂。去岁别春陵①，沿流此投迹。室空无侍者，巾屦唯挂壁。一饭不愿余，跏跌②便终夕。风窗疏竹响，露井寒松滴。偶地即安居，满庭芳草积。

[题旨]

江华长老，其人未详。江华，属道州江华县。长老，用以尊称寺庙住持或德高年劭之僧人。本诗赞许其人安贫乐道，不失为有德高僧也。

[注解]

①舂陵：即道州。故城在道州延唐县北五十里。自道州沿流可至永州，故下句云"沿流此投迹"。

②跏趺：结跏趺坐，盘腿静坐，打坐之姿也。

[赏析]

"室空"四句，将老僧安贫乐道的修为表现得淋漓尽致，仿佛刻画出一幅老僧入定的图画。"风窗"二句则以景物衬托其清静之心。满庭芳草，积而不除，安之若素，更见其"无为"之境界。

夏夜苦热登西楼

苦热中夜起，登楼独褰①衣。山泽凝暑气，星汉②湛光辉。火晶③燥露滋，野静停风威。探汤④汲阴井，炀灶⑤开重扉。凭栏久彷徨，流汗不可挥。莫辩亭毒⑥意，仰诉璇与玑⑦。谅非姑射子⑧，静胜安能希⑨？

[题旨]

本诗抒发了夏夜苦热之感。

[注解]

①褰：提起。

②星汉：银河。

③火晶：太阳。晶，又作"精"。

④探汤：谓热气逼人，如探入沸汤。

⑤炀灶：在炉前烤火，比喻酷热。

⑥亭毒：《老子》："长之育之，亭之毒之。"化育之意。此谓暑热高涨。

⑦"仰诉"句：谓只得将暑热之苦诉诸苍天。璇、玑，北斗七星之第二、三颗星。

⑧姑射子：《庄子·逍遥游》："藐姑射之山，有神人居焉。肌肤若冰雪，淖约若处子。……大旱金石流，土山焦而不热。"

⑨"静胜"句：意谓欲以静胜热，实不可指望也。静胜，《老子》："静胜热。"希，望也。

[赏析]

本诗虽叙日常琐事，但却充分显现了谪居之人水土不服的苦状。永州山多瘴疠，暑热难消，虽至夜半，仍未得一丝凉风吹拂。因此柳宗元以对比、夸张、无奈的笔法与口吻，记述这燥闷的心情。例如三、四句，山泽暑气与银河星辉呈一热一冷的对比，更知清凉之可望不可及；五、六句，强烈日照与一丝风也没有，亦呈对比；七、八句探汤、炀灶之喻，颇为夸张；末四句，则一派无奈，难敌此酷热之毒。"谅非姑射子"，则充满自我调侃之意味。

独　觉

觉来窗牖空^①，寥落雨声晓。良游怨迟暮^②，末事^③惊纷扰。为问经世心，古人谁尽了^④？

[题旨]

本诗写早晨苏醒后所见情景与感怀。飘然有出世之心，故题"独觉"，意谓众人皆醉，唯我独醒。

[注解]

①"觉来"句：谓醒来见窗户前空无一物，表示花草凋零之意。

②良游：尽兴之游。迟暮：晚也。

③末事：指世俗之事。

④了：了解、知晓。

[赏析]

首二句写景，"空"字一出，导引全篇清新与空寂之境；雨声寥落，更增添幽独的气氛。三、四句以雅游与俗事对比，见出人心饱受世俗羁绊，不如秉烛夜游来得潇洒自然。末二句以反诘收束，代表自觉与反省：古来士人皆以"经世致用"为职志，但又有谁真正适志，能发挥长才呢？

首春逢耕者

南楚春候早①,余寒已滋荣。土膏释原野②,百蛰竞所营③。缀景未及郊④,穑人先耦耕⑤。园林幽鸟啭,渚泽新泉清。农事诚素务,羁囚阻平生。故池想芜没,遗亩当榛荆⑥。慕隐既有系⑦,图功遂无成。聊从田父言,款曲⑧陈此情。眷然抚耒耜⑨,回首烟云横。

[题旨]

首春,孟春正月也。本诗系因逢耕者而念及家乡田园之芜,羁人心事,不胜黯然。

[注解]

① "南楚"句:谓永州地处楚之最南方,春天来临甚早。

② "土膏"句:土中的养分已经融入四周原野。膏,润也。

③ "百蛰"句:冻土下冬眠的百虫也开始活动。

④ "缀景"句:谓春色尚未连绵至此。缀,连也。

⑤ 穑人:农夫。耦耕:两人各持一耜,骈肩而耕。

⑥ "故池"二句:长安城西,有先人遗田数顷,于此春耕时分,柳宗元思念不已。榛荆,谓林木遭砍伐。

⑦ "慕隐"句:谓己虽欲隐逸,却心有所挂碍。

⑧ 款曲:殷勤委曲之意。

⑨耒耜：耕田的工具。

[赏析]

柳诗中写农事者，颇得陶诗风味。本篇前半描写永州因地利之便，春风先到，农事亦随之开展，呈现出农村淳朴勤恳的风俗。而后触景伤情，既怀念故园，又难忘羁旅之身，这部分就不如陶诗的恬淡高远。柳诗这种反复出现的情怀，就创作艺术而言，或许是略有瑕疵，但却是其个人生命内在最深沉的伤痛，难以抹灭。

郊居岁暮

屏居负山郭①，岁暮惊离索②。野迥樵唱来，庭空烧烬③落。世纷因事远，心赏随年薄④。默默谅何为，徒成今与昨。

[题旨]

此为郊居岁暮有感，叹时光之稍逝也。

[注解]

① "屏居"句：谓背山而隐居。屏居，隐居。

② 离索：离群索居，孤独之意也。

③ 烬：谓烧畲之烬也。楚地有畲地（火耕）之习俗。

④ 薄：尽也。

[赏析]

三、四句表现楚地风俗，野迥樵唱，亦充满田野自然风味。

秋晓行南谷经荒村

杪秋①霜露重，晨起行幽谷。黄叶覆溪桥，荒村唯古木。寒花疏寂历，幽泉微断续。机心久已忘，何事惊麋鹿②？

[题旨]

此叙山行之景。

[注解]

①杪秋：指九月季节。

②惊麋鹿：意谓人若怀有机心，想要捕捉伤害麋鹿，鹿自然会有所警觉，受惊而奔去。

[赏析]

三、四句以黄叶为背景，荒村古木，更凸显秋色之动人。五、六句寒花、幽泉之景，疏阔寂寥，仿佛秋意萧瑟。此四句可谓情景交融。末句麋鹿之惊，则为此寂然秋景，点缀动感。

中夜起望西园值月上

觉闻繁露坠,开户临西园。寒月上东岭,泠泠①疏竹根。石泉远逾响,山鸟时一喧。倚楹②遂至旦,寂寞将何言?

[题旨]

写中夜觉醒难眠,寂寞之情自现。

[注解]

①泠泠:原为水声,此指月光照在疏竹根上。

②倚楹:倚柱。

[赏析]

在静夜,谁能听见露珠坠落的声音?首二句乃如"空山松子落,幽人应未眠""人闲桂花落,夜静春山空"的名句,构设出清绝之夜景,令人体会其中幽静。三至六句,寒月疏竹、石泉山鸟,恰构成一静一动的对比,为此夜景平添几分风情。所不能释怀者,是终夜不眠,无可告人的寂寞啊!

零陵春望

平野春草绿,晚莺①啼远林。日晴潇湘渚,云断岣嵝②岑。仙驾不可望，世途非所任。凝情空景慕，万里苍梧③阴。

[题旨]

借平野春望，传达处末世而思圣君之意也。

[注解]

①晚莺：一作"晓莺"。

②岣嵝：衡山别名。

③苍梧：《礼记·檀弓上》："舜葬于苍梧之野。"苍梧之地，在长沙、零陵界中。此处指极目所见为苍梧之野，暗喻思圣君（舜）之意。

[赏析]

前半写景，后半抒情。莺啼远林，使诗的空间拉远变大，因此拓展出以下极目而望的视野。

夏昼偶作

南州溽暑醉如酒，隐几①熟眠开北牖。日午独觉无余声，山童隔竹敲茶臼②。

[题旨]

夏日午觉醒来，除茶臼声外无余声，清静自然。

[注解]

①隐几：靠着小茶几。隐，凭靠。几，小桌。

②敲茶臼：古人制茶皆捣末做饼，必用杵臼，故云。此指制新茶。

[赏析]

本诗七言仄韵，于创作艺术上是一大考验，因仄韵字较难选配也。全篇可谓简而佳妙：暑热使人醉如酒，比喻生动；眠觉而无声，点出夏日午后之静谧；山童敲茶臼，其声远而清脆，"茶"又使人滋生解渴清凉之意，有如"心静自然凉"之语。

江　雪

千山鸟飞绝，万径人踪灭。孤舟蓑笠翁①，独钓寒江雪。

[题旨]

此为柳诗名作，以五言二十字，写尽寒天雪景，傲然淡远之意境，古今传诵不绝。

[注解]

①蓑笠翁：指渔翁。蓑笠，以草或棕榈叶制成的雨衣和帽子。

[赏析]

本诗在空间结构上表现特佳。首二句描绘远景而气象寥廓，"鸟飞"

与"人踪",又有高低之别;三、四句为近景,"孤舟""独钓",更将焦点缩小到渔翁一人身上。在时间动感上,"绝""灭""孤""独"等字眼,企图勾勒出永恒寂静的氛围,在漫天江雪的衬托下,的确予人时间静止的感觉。最不可忽视的是,全篇所呈现的张力,在空江风雪中,独有扁舟渔夫,一竿在手,悠然于严风盛雪间,其贞定坚毅之精神,实令人赞佩不已。又进一步推想,值此严寒天气,江鱼必伏而不出,则老翁所钓者何也?不妨视为柳宗元之自喻,但其傲然独往的形象,则相当发人深省。

始见白发题所植海石榴树

几年封植①爱芳丛,韶艳朱颜竟不同。从此休论上春事②,看成古木对衰翁。

[题旨]

柳宗元尝种植海石榴(见前),此借海石榴之红艳,感叹已已成白发衰翁。

[注解]

①封植:种植。封,聚土也,指栽培。

②上春事:指栽种之事。上春,农历正月。

[赏析]

这是一首抒情小品,但以近乎议论的口吻为之,徒留怅恨之心。"竟不同"之语，表示诧异、感叹，何以花木年年滋长繁荣，人却一年老似一年？"从此""休论"等语，更传达强烈的无奈，大有"时不我予"的宿命悲哀之感。

早　梅

早梅发高树，迥映楚天碧。朔吹①飘夜香，繁霜滋晓白。欲为万里赠，杳杳山水隔。寒英坐销落②，何用慰远客？

[题旨]

早梅，早春绽放之梅。借咏梅以表思忆之情。

[注解]

①朔吹：北风。

②寒英：指梅花。梅花于冬末春初冒寒开放，故谓。坐销落：旋即凋落。坐，将然，犹旋也。

[赏析]

折梅寄远，代表思忆之情，而梅之高洁清芬，也正可以表达自己的品格。因此末二句所言，担心早梅之早开早落，不及寄赠，便已凋零，实别具伤感，悄悄透露出孤独落寞的心情。

南中荣橘柚

橘柚怀贞质,受命此炎方①。密林耀朱绿,晚岁②有余芳。殊风限清汉③,飞雪滞故乡。攀条何所叹?北望熊与湘④。

[题旨]

见橘柚经冬犹绿,而怀念北方家乡。谢玄晖《酬王晋安》:"南中荣橘柚,宁知鸿雁飞。"用其句为题。

[注解]

①"橘柚"二句:《楚辞·九章·橘颂》:"后皇嘉树,橘徕服兮。受命不迁,生南国兮。"王逸注:"南国,谓江南也。迁,徙也。言橘受天命于江南,不可移徙,种于北地则化为枳也。"炎方,指南方,此谓永州。

②晚岁:岁暮。

③"殊风"句:谓长江南北土风隔异。汉,指汉水,长江支流。

④熊与湘:《史记·五帝本纪》:"(黄帝)南至于江,登熊湘。"熊,指熊耳山,在河南省洛宁县西南,登之可望江汉也。湘,指湘山,在湖南岳阳西洞庭湖中。

[赏析]

柳宗元北人南迁,对于南方风土物产,常有新奇之感。橘之经冬犹绿,和北方飞雪寒冬的景象,大不相同,因此一方面有所惊异,另一方面则更加勾起思乡之情。再者，文人咏橘，自屈原《橘颂》始，俨然自成一类。曹魏之曹植、南朝宋之谢惠连，皆有《橘赋》，唐张九龄《感遇》亦云："江南有丹橘，经冬犹绿林。岂伊地气暖，自有岁寒心。"可知橘在文人心目中，乃具有高尚品格的君子。而其"受命不迁，生南国兮"的传说，恐怕更让南迁的柳宗元有宿命同悲的感慨吧！

红　蕉

晚英值穷节①，绿润含朱光。以兹正阳②色，窈窕凌清霜③。远物世所重，旅人心独伤。回晖眺林际，戚戚无遗芳。

[题旨]

此为咏物诗，篇末寄寓个人身世之感。红蕉，芭蕉的一种，叶小而花鲜明可爱。春夏开，至岁寒犹芬芳。

[注解]

①晚英：秋冬之花，此谓红蕉。穷节：指岁暮。

②正阳：指农历四月。

③凌清霜：指红蕉花可开至秋冬。

[赏析]

前四句咏红蕉之特色，遣词用语均不俗。后半寄寓身世之感，"回晖"二句，尤能表现刹那间心情起伏的落寞感。

梅 雨

梅实迎时雨①,苍茫值晚春。愁深楚猿夜,梦断越鸡晨②。海雾连南极,江云暗北津。素衣今尽化,非为帝京尘③。

[题旨]

梅熟而雨曰梅雨,江东呼为黄梅雨。约在四五月间。本诗因雨起愁,有伤放逐、念帝京之意。

[注解]

①迎时雨:晚春梅未熟而先雨,谓之迎时雨。

②"愁深"二句:谓因雨生愁,闻夜猿而更苦;因雨惊梦,听晨鸡而忽醒,此时不胜凄怨也。越鸡,《庄子·庚桑楚》:"越鸡不能伏鹄卵,鲁鸡固能矣。"成玄英疏:"越鸡,荆鸡也。鲁鸡,今之蜀鸡也。"永州,古荆地,故用"荆(越)鸡"以与"楚猿"对。

③"素衣"二句:陆士衡《为顾彦先赠妇》:"京洛多风尘,素衣化为缁。"此处借陆诗而反之,意谓四月梅雨,湿气薰蒸,白衣改色,并非帝京之尘所致也。末虽言"非为",实寓念帝乡、伤放逐之意也。

[赏析]

南方多雨,尤其是那连绵梅雨,更是北人者柳宗元所不能适应的。因此,后四句状写梅雨时景物之变化,可说是反映了宗元内心深处的悲戚。

零陵早春

问春从此去，几日到秦原①？凭寄②还乡梦，殷勤入故园。

[题旨]

此乃早春思乡之作。

[注解]

①秦原：指陕西一带，代指故乡。

②凭寄：谓依凭着春天的行踪，寄托还乡之梦。

[赏析]

以问句起始，将春天拟人化，笔触生动。盖永州位于南方，气候首先回暖，而后北方的秦原，才逐渐回春，故有此一问。末二句虽如痴人说梦，但正显露其深重的思乡之情。

田家三首之一

蓐食徇所务①，驱牛向东阡。鸡鸣村巷白，夜色归暮田。札札耒耜声，飞飞来乌鸢②。竭兹筋力事③，持用穷岁年④。尽输助徭役⑤，聊就空自眠。子孙日已长，世世还复然。

［题旨］

此为描写田家生活的田园诗，同题作三首。本篇旨在说明农家日作夜息，终年劳苦，世代皆然。

［注解］

①"蓐（rù）食"句：吃完早餐即开始日常的农务。蓐食，早晨未起身，在床席上进餐。谓早餐时间很早。

②"飞飞"句：乌鸢闻耒耜声而飞来攫食，暗喻里长旋来征租也。

③"竭兹"句：谓努力耕作。竭，竭尽己力。兹，此也，指农事。筋力事，劳动筋骨之事务，指农事。

④穷岁年：谓年年如是，以至于死。穷，尽也。

⑤"尽输"句：谓农家所得，皆捐献给公家徭役之用。

［赏析］

本诗对农家生活体认甚深，"飞飞来乌鸢""尽输助徭役"等句，以含蓄委婉之手法，暗示农家辛苦所得大多为公家征敛，所剩无几，生活相当艰苦。

田家三首之二

篱落隔烟火，农谈四邻夕。庭际秋虫鸣，疏麻方寂历。蚕丝尽输税，机杼空倚壁。里胥夜经过，鸡黍①事筵席。各言官长峻②，文字多督责。东乡后租期，车毂陷泥泽③。公门少推恕④，鞭扑恣狼藉⑤。努力慎经营，肌肤真可惜⑥。迎新在此岁，唯恐踵前迹。

[题旨]

农人秋夜聚谈，适逢里胥夜访，具鸡黍以待。但里胥以严峻之语告诫，使农人恐惧抱怨。

[注解]

①鸡黍：鸡肉和米饭，指待客佳肴。黍，小米。

②"各言"句及以下五句，转述里胥之语。峻：严峻。

③"东乡"二句：谓东乡有迟缴租税者，运送谷粮时，因恐逾时受罚，一不留神，车轮就掉入泥沼中。

④少推恕：谓公家法规不可违背，绝少有宽容之处。

⑤"鞭扑"句：意谓若过期缴税，就会被公家差役鞭打得体无完肤。狼藉，杂乱貌。

⑥"努力"二句：为田家相劝之语，意谓小心谨慎，皮肉值得珍惜。

[赏析]

前四句点染农村秋色，十分清丽，五、六句则逐渐透露农家所得微薄之意。七至十四句，则以白描直述法，揭穿公家赋税繁苛、执法严峻的面目。如此一来，诗之讽喻与悯农之情，已明显可见。前人多囿于与陶诗相较，乃有所不察也。

田家三首之三

古道饶蒺藜，萦回古城曲。蓼花被堤岸，陂水寒更渌。是时收获竟①，落日多樵牧。风高榆柳疏，霜重梨枣熟。行人迷去住，野鸟竞栖宿。田翁笑相念，昏黑慎原陆②。今年幸少丰，无厌饘与粥③。

[题旨]

庆幸农家小有收成。

[注解]

①竟：终也。

②"昏黑"句：谓天黑以后，莫在道路上行走，以免迷路。

③"无厌"句：谓不虞匮乏粥饭。厌，同"餍"。饘、粥，稠曰饘，稀曰粥。

[赏析]

前四句写田园风光，古朴秀美。七、八句写入秋之后，榆柳稀疏，梨枣成熟，可见其观察切实。"行人"二句，回应"古道饶蒺藜"，烘托平原秋色，迷离动人。末二句有庆幸欣慰，亦可见其为农民虑患之深也。

综观其《田家三首》，用语自然，描写真实，具田园本色。然其中感慨与讽喻，则不容忽视。

闻黄鹂

倦闻子规①朝暮声，不意忽有黄鹂鸣。一声梦断楚江曲，满眼故园春意生。目极千里无山河，麦芒际天摇清波。王畿优本少赋役，务闲酒熟饶经过②。此时晴烟最深处，舍南巷北遥相语。翻日迥度昆明③飞，凌风邪看细柳翥④。我今误落千万山，身同伧人⑤不思还。乡禽何事亦来此，令我生心忆桑梓⑥。闭声回翅归务速，西林紫椹行当熟。

[题旨]

黄鹂，即黄莺鸟，桑葚熟时，往来桑间。此诗乃因见黄鹂而兴起思乡之情。

[注解]

①子规：鸟名，一名鷤鴂（jué）、杜鹃，啼声甚苦，夜啼达旦，血渍草木。其声近似"不如归去"，故诗文中每借之为思归之意。

②"王畿"二句：谓京畿农桑优沃，赋役又少，农务轻闲，此时想必已酿就美酒，而黄鹂正从京城飞来此地。本，指农桑。

③昆明：指昆明池。汉武帝在长安西南造昆明池，以习水战。此借指京城长安。

④翥（zhù）：飞举也。

⑤伧人：楚人。

⑥桑梓：乡里。

[赏析]

一般多以子规鸟代指思归之意，本诗以黄鹂起兴，别有新意。"此时晴烟最深处"及以下三句，描写黄鹂意态，十分生动。以"不思还"言己之不得归，又以"归务速"呼吁黄鹂早日飞去北方故园，盖将思乡之情寄托黄鹂，以慰己思乡之苦。

渔 翁

渔翁夜傍西岩①宿，晓汲清湘燃楚竹。烟销日出不见人，欸乃②一声山水绿。回看天际下中流，岩上无心云相逐。

[题旨]

此诗盛称渔翁之乐，颇有欣慕之意。

[注解]

①西岩：即西山。
②欸乃：摇橹的声音。引申为船歌。

[赏析]

本篇所刻画之渔翁，遗世而独立，徜徉山水之间，怡然自得，与《江雪》之钓翁，有异曲同工之妙，俱为柳宗元之自我写照。

饮 酒

今旦少愉乐,起坐开清樽①。举觞酹先酒②,遗我驱忧烦③。须臾心自殊,顿觉天地暄。连山变幽晦,渌水函晏温④。蔼蔼南郭门,树木一何繁。清阴可自庇,竟夕闻佳言。尽醉无复辞,偃卧有芳荪⑤。彼哉晋楚富⑥,此道⑦未必存。

[题旨]

陶渊明有《饮酒二十首》,此或用其诗题。借"饮酒者"表明不慕富贵之志。

[注解]

①清樽:装有清酒之瓶樽。樽,酒器。

②"举觞"句:谓举杯敬造酒之先贤。觞,酒杯。酹,以酒沃地。先酒,始为酒者。

③"遗我"句:谓赠我解忧之妙方(酒也)。遗,赠也。

④晏温:日出而温暖,指天气晴暖。

⑤荪:草地。

⑥晋楚富:《孟子·公孙丑下》:"曾子曰:晋楚之富,不可及也。彼以其富,我以吾仁;彼以其爵,我以吾义。吾何慊乎哉!"

⑦此道:谓饮酒之乐也。

[赏析]

这是柳诗中难得一见的潇洒之作，如五、六句描写饮酒之后，"顿觉天地暄"，可说一反柳宗元自苦闭塞的形象。而尽醉无言，只是偃卧在芳草绿地，充分表现了醉态可掬、天真可爱之状。

掩役夫张进骸

生死悠悠尔，一气聚散之。偶来纷喜怒，奄忽已复辞。为役孰贱辱？为贵非神奇。一朝纩息①定，枯朽无妍蚩②。生平勤皂枥，锉秣不告疲③。既死给槥椟④，葬之东山基。奈何值崩湍⑤，荡析⑥临路垂。髐然⑦暴百骸，散乱不复支。从者幸告余，眷之涓然悲⑧。猫虎获迎祭⑨，犬马有盖帷⑩。伫立唁尔魂，岂复识此为？畚锸载埋瘗⑪，沟渎护其危⑫。我心得所安，不谓尔有知。掩骼著春令⑬，兹焉适其时。及物非吾辈，聊且顾尔私。

[题旨]

此为柳宗元为役夫张进埋骨造坟后所作，俨然恻隐之心，仁者之言。

[注解]

①纩息：以丝绵置口鼻之上，以试探其气息有无。纩，丝绵，极轻，易摇动。

②"枯朽"句：意谓人死后，没有美丑、贵贱之别。妍蚩，美丑。

③"生平"二句：形容役夫辛勤养马喂马。皂枥，槽枥。锉（cuò）秣，《诗经·小雅·鸳鸯》："乘马在厩，摧之秣之。"摧，通"莝""刲"。

④樵椟：小棺木。

⑤崩湍：洪水。

⑥荡析：指其肢体散落。

⑦髐（xiāo）然：枯骨暴露貌。

⑧眷：视也。涓然：泫然欲泣也。

⑨"猫虎"句：《礼记·郊特牲》："古之君子，使之必报之。迎猫，为其食田鼠也；迎虎，为其食田豕也，迎而祭之。"

⑩"犬马"句：《礼记·檀弓下》：仲尼之畜狗死，使子贡埋之，曰："吾闻之也，敝帷不弃为埋马也，敝盖不弃为埋狗也。"盖，被盖。帷，帷幕。此句及上句感喟人而不及猫虎犬马。

⑪瘗（yì）：埋也。

⑫危：高也，指坟墓。

⑬"掩骼"句：《礼记·月令》："孟春之月……掩骼埋胔。"郑玄注："骨枯曰骼，肉腐曰胔。"

[赏析]

役夫张进，与柳宗元非亲非故，又属卑下之人，但柳宗元不忍见其尸骨散落，为之收埋。故本篇前半，论生死之理，客观理性，若是吊唁至亲故人，则不宜用此笔法。而末言"我心得所安，不谓尔有知""及物非吾辈，聊且顾尔私"诸语，则是宅心仁厚，不求恩报。

春怀故园

九扈^①鸣已晚,楚乡农事春。悠悠故池水,空待灌园^②人。

[题旨]

此乃怀乡之作。

[注解]

①九扈:扈,鸟名,农桑应时之候鸟也。杜预谓扈有九种。

②灌园:喻退隐家居。古之于陵子、戴宏、向秀、吕安、范丹等贤人名士,皆曾辞官而归隐灌园。灌,指灌溉耕种之事。

[赏析]

前二句就眼前景物起兴,后二句则转入抒怀,盖已临春耕时节,而己独羁困南方,任故园荒废,空自惆怅。

卷三

（元和十年至元和十四年）

离觞不醉至驿却寄相送诸公

无限居人送独醒①，可怜寂寞到长亭。荆州不遇高阳侣②，一夜春寒满下厅③。

[题旨]

元和九年（814）十二月，宪宗下诏追叔文党赴都，柳宗元于翌年正月（四十三岁），登程赴长安，沿途皆有诗作。此即在途中驿站所作。离觞，谓送别饯行。觞，酒杯也。

[注解]

①居人：对行人而言，谓相送诸公。独醒：《楚辞·渔父》："屈原曰：'举世皆浊我独清，众人皆醉我独醒，是以见放。'"以此自喻也。

②"荆州"句：《晋书·山涛传附山简传》：永嘉三年，山简为征南将军，都督荆、湘、交、广四州军事。优游卒岁，唯酒是耽。诸习氏，荆土豪族，有佳园池，简每出嬉游，多之池上，置酒辄醉，名之曰高阳池。此句谓不遇嗜酒豪饮如山简者。

③下厅：驿馆之下舍。

[赏析]

元和十年（815），柳宗元终于得诏赴京。距他被贬永州，已经过了十一年（805~815）。然而此去前程未卜，因此沿途所作诸诗，情感仍相当沉重。果不其然，同年三月，柳宗元再次遭贬，这次的贬所是柳州，比永州更偏远。这表示朝中虽有同情叔文党人者，但反对的保守势力仍然强大。最后柳宗元客死柳州，这只能说是命运捉弄吧！

这首酬赠诗，纸短情长。离觞不醉，除了以"独醒者"自况之外，恐怕更因为前途多虑，宾主皆未能畅饮欢醉，只落得春寒料峭，更增添客途中的冷清。

诏追赴都回寄零陵亲故

每忆纤鳞游尺泽，翻愁弱羽上丹霄①。岸傍古堠②应无数，次第③行看别路遥。

[题旨]

元和十年（815），北还道中作。按，贞元二十一年（805），随宗元至永州者，有从弟宗玄、宗直，时未随之北返。亲故，殆指玄、直二人及其他故友。

[注解]

①"每忆"二句：皆形容在永州时所见之山水自然景物，借此以示眷恋之意。纤鳞，小鱼。尺泽，深池。弱羽，弱鸟。丹霄，青云。

②堠：土坛，古用以记里者，五里只堠、十里双堠。

③次第：依序。

[赏析]

在写景中寄托离情。"纤""弱"之字眼,流露其眷恋之心。以古堠依序浏览而尽,状船行渐远,离情依依,自然生动。

界围岩水帘

界围汇湘曲,青壁环澄流。悬泉粲成帘,罗注无时休。韵磬叩凝碧①,锵锵彻岩幽。丹霞冠其巅,想像凌虚游。灵境不可状,鬼工谅难求。忽如朝玉皇,天冕垂前旒②。楚臣昔南逐③,有意仍丹丘④。我今始北旋,新诏释缧囚。采真诚眷恋,许国无淹留⑤。再来寄幽梦,遗贮催行舟。

[题旨]

界围岩,在湘江岸,距永州未远。此乃柳宗元自零陵登舟北返,浮湘水而行,经界围岩所作。

[注解]

① "韵磬"句:形容悬瀑下注,声如磬、玉相击。凝碧,玉也。

② 天冕:指玉皇之冠冕。旒:冕前悬垂之珠帘也,此形容水帘之状。

③ "楚臣"句:谓屈原放逐江湘之地。

④ "有意"句:屈原《楚辞·远游》:"仍羽人于丹丘兮,留不死之旧乡。"仍,趋也。丹丘,指仙道所居之地。

⑤"采真"二句：谓逍遥物外诚然可美，但己已立志报国，不得滞留此山水胜境。采真，《庄子·天运》："古之至人，假道于仁，托宿于义，以游逍遥之虚，食于苟简之田，立于不贷之圃。……古者谓是采真之游。"许国，以身许国，立志为国效命。淹留，滞留、停留。

[赏析]

本篇前半状写水帘之奇丽工巧，而以"忽如朝玉皇，天冕垂前旒"转入后半之抒怀。此二句一则形容水帘如冕前珠玉，一则也可暗示其人将进京朝见天子，运用得十分巧妙。以"韵磬叩凝碧，锵锵彻岩幽"形容飞瀑水声，颇能增加其动感。在情感上，也可看出其心境的一大转折。按，柳宗元被谪永州后，多以缧囚自比，同时处处征引屈原诗赋，以之为师法对象，表现一己忠贞爱国之情操。而本篇末四句，显然想要摆脱逐臣的命运，不以逍遥物外为向往，以身许国的志向更加坚定。因此把这一番山水幽情，寄托于下次未知的重逢。诏追赴都，果然让柳宗元发现一线曙光，因此语气上表现积极。只是若知将再次被贬柳州，此刻的欣喜，就更令人不忍了。

过衡山见新花开却寄弟

故国名园久别离，今朝楚树发南枝①。晴天归路好相逐，正是峰前回雁时②。

[题旨]

陈景云《柳集点勘》:"味诗意盖已北还,而弟尚留永,故寄诗促其行耳。以《祭从弟宗直文》参证,似所寄即宗直也。"

[注解]

① "今朝"句:《白氏六帖·梅部》:"大庾岭上梅,南枝落,北枝开,寒暖之候异也。"此用其语,谓早春时节,新花始开。

② "正是"句:《方舆胜览·衡州》:"回雁峰在衡阳之南,雁至此不过,遇春而回,故名。"又,孔安国《尚书》注:"鸿雁之属,九月而南,正月而北。"此句乃扣合衡阳回雁峰、正月雁回时,以切题意。

[赏析]

这首诗充满活泼朝气,和正月新春的气息十分吻合。首二句将蕴藏已久的思归情绪,借早春新花开放表露出来,郁积的愁闷,仿佛豁然开朗。"晴天归路好相逐",晴朗的天气,使人神清气爽,"好相逐"言携手同归,情绪高亢热情。也表示催促其弟前来相伴之意。末句以眼前景物作结,雁能传送书信,更点出"寄"弟之意,可谓余音袅袅。

汨罗遇风

南来不作楚臣悲①,重入修门②自有期。为报春风汨罗道,莫将波浪枉明时③。

[题旨]

同前诏追赴都途中所作。汨罗，长沙汨罗江，屈原投水处。

[注解]

①楚臣：谓屈原。柳宗元受诏北还，故云"不作楚臣悲"。

②"重入"句：意谓返京已有定期矣。修门，《楚辞·招魂》："魂兮归来，入修门些。"王逸注："修门，即郢城门。"此指长安城门。

③"为报"二句：谓诉请春风，莫兴波浪，使生意外灾难，枉费了当今太平盛世。其含义与首句同，即谓己此时已不必同于屈原投江而死，可以重新振作，报效君上。明时，指太平清明盛世也。

[赏析]

首句"南来不作楚臣悲"已表明此时心态，和被贬永州以来，屡以屈原自比，完全不可同日而语。诏追还都，确实使柳宗元兴奋振作，以为将有所作为也。因此末句才说，不愿波浪大作，含冤沉江，辜负了清明之世一展长才的好机会。

朗州窦常员外寄刘二十八诗见促行骑走笔酬赠

投荒垂一纪①，新诏下荆扉。疑比庄周梦②，情如苏武归③。赐环④留逸响，五马助征骓⑤。不羡衡阳雁，春来前后飞⑥。

[题旨]

这是写给窦常的诗。窦常知刘禹锡、柳宗元等例召至京师,尝写诗催促刘早日动身北返。窦常,字中行,元和七年冬,自水部员外郎为朗州刺史。刘二十八,指刘禹锡。见促,被催促之意。走笔,写作也。

[注解]

①"投荒"句:柳宗元自永贞元年(805)十二月至永州,至元和十年(815),前后已十一年,故云"垂一纪"。垂,将近。一纪,十二年。

②庄周梦:《庄子·齐物论》有庄周梦蝶故事,其语云:"不知周之梦为胡蝶与?胡蝶之梦为周与?"此谓之物化。

③苏武归:《汉书·苏武传》:"武留匈奴凡十九岁,始以强壮出,及还,须发尽白。"

④赐环:喻赐还。《荀子·大略》:"绝人以玦,反绝以环。"注:"古者,以有罪,待放于境,三年不敢去,与之环则还,与之玦则绝。"

⑤助征骓:促其行骑也。骓,古代驾车的马,位于两旁的叫骓,亦称骖。

⑥"不羡"二句:古人以为雁南飞止于衡阳,春至则北返。参见前《过衡山见新花开却寄弟》注。此云"不羡",意谓已获召还,不必再羡慕雁可于春日北返。

[赏析]

"情如苏武归"句,甚为辛酸。其被贬永州"一纪",比之苏武留匈奴十九年,时间虽稍短,但心情之沉重,体貌由盛而衰,则无分轩轾。末言"不羡",方才转为潇洒轻快,流露出欣喜之情。

北还登汉阳北原题临川驿

驱车方向阙①,回首一临川。多垒非余耻②,无谋终自怜。乱松知野寺,余雪记山田。惆怅樵渔事,今还又落然③。

[题旨]

同前诏追赴都途中所作。汉阳,今湖北汉阳(属武汉市)。

[注解]

①向阙:谓京城。阙,门观、城阙。

②"多垒"句:《礼记·曲礼上》:"四郊多垒,此卿大夫之辱也。"垒,军壁也,数见侵伐则多垒。

③落然:废也。今反用其语,讽刺掌权者辅政不力。

[赏析]

在赴京途中,登临北原,心有所感。三、四句暗讽当权者无道无谋,令人愤慨。五、六句描写早春残雪之景,仍颇有寒意。末二句感叹此去又将以仕宦为重,渔樵逍遥的心愿,又将落空矣。

善谑驿和刘梦得酹淳于先生

水上鹄已去①,亭中鸟又鸣②。辞因使楚重,名为救齐成③。荒垅邃千古,羽觞④难再倾。刘伶⑤今日意,异代是同声。

[题旨]

同前诏追赴都途中所作。善谑驿,在湖北宜城北,为淳于髡放鹄处。淳于髡,战国齐人,善谐谑。刘梦得,即刘禹锡,有《题淳于髡墓》,柳宗元和之。

[注解]

① "水上"句:《史记·滑稽列传》云,齐王使淳于髡献鹄于楚。出邑门,道飞其鹄,空笼往见楚王,谓曰:"齐王使臣来献鹄,过水上,不忍鹄之渴,出而饮之,去我飞亡。吾欲刺腹而死,恐人议王以鸟兽之故令士自杀。吾欲买而代之,是不信而欺吾王也。"楚王曰:"齐有信士若此哉!"厚赐之,财倍鹄在也。

② "亭中"句:《史记·滑稽列传》云,齐威王之时喜隐,长夜淫乐,不治国政,左右莫敢谏。淳于髡说之以隐曰:"国中有大鸟,止王之庭,三年不飞,又不鸣,王知此鸟何也?"王曰:"此鸟不飞则已,一飞冲天;不鸣则已,一鸣惊人。"于是乃朝诸县令长七十二人,赏一人,诛一人,奋兵而出,诸侯皆惊。

③ "辞因"二句:《史记·滑稽列传》载,齐威王八年,楚大发兵加齐。齐王使髡之赵请救。赵王与之精兵十万,革车千乘,楚闻之,夜引兵而去。

④ 羽觞:《楚辞·招魂》:"瑶浆蜜勺,实羽觞些。"注:"觞,酒器也,插羽于其上。"

⑤ 刘伶:晋刘伶好饮酒,放浪形骸。刘禹锡诗末二句云:"我有一石酒,置君坟树前。"表示酹祭淳于髡之意,故柳诗以刘伶譬禹锡。

[赏析]

刘禹锡《题淳于髡墓》:"生为齐赘婿,死作楚先贤。应以客卿葬,故临官道边。寓言本多兴,放意能合权。我有一石酒,置君坟树前。"其言简要勾勒出淳于髡一生的功业,对其擅长以寓言说理,切合时机的才智,最为佩服。而这也是柳宗元和作的重点,柳诗分别以"水上鹄""亭中鸟""救齐"等事理,赞扬淳于髡。末四句则就禹锡诗"一石酒"之意发挥,表达"异代同声"的心情。柳宗元所看重的,显然是淳于髡能够受到君王重用,而且敢以诙谐之语与寓言故事劝谏,这正是柳宗元等不敢奢求的啊!

清水驿丛竹天水赵云余手种一十二茎

檐下疏篁①十二茎,襄阳从事寄幽情②。只应更使伶伦见,写尽雌雄双凤鸣③。

[题旨]

同前诏追赴都途中所作。清水驿,应近于襄阳。此诗即因襄阳从事赵公所栽之竹而作。天水,赵氏郡望,今甘肃天水。赵公,其人不详,"云余"或即是其名。

[注解]

①篁:竹的一种,坚而促节,体圆而质坚,皮白如霜粉,其材可用。

②襄阳：今湖北襄阳市。从事：官名，刺史之佐吏，或名别驾、治中。

③"只应"二句：《汉书·律历志》：黄帝使伶伦取竹嶰谷，制十二笛，以听凤之鸣。其雄鸣为六，其雌鸣亦六。此二句谓赵公之篁竹，材质优良，应由伶伦乐官加以采集，制成箫管，吹奏好音。

[赏析]

这是一首七绝，以简洁的文笔点出竹林的幽情。运用伶伦乐官典故，使诗的意境更加高远。

李西川荐琴石

远师驺忌鼓鸣琴①，去和南风悭舜心②。从此他山千古重③，殷勤曾是奉徽音④。

[题旨]

李西川，指李夷简，为当朝得势者。曾任山南东道节度使，治襄阳。元和八年（813），任户部尚书、成都尹，充剑南西川节度使，故谓之李西川。夷简节度襄阳，尝存问柳宗元，宗元有《谢襄阳李夷简尚书委曲抚问启》，表示谢忱。元和十三年（818），夷简入相，宗元又有《上门下李夷简相公陈情书》，盼其援手，可见宗元之仰望夷简。此诗当是元和十年（815），宗元召还途中经襄阳，见昔日夷简荐琴之石，感怀其人而作。荐，借也，放置。

[注解]

①"远师"句:《史记·田敬仲世家》:"驺忌子以鼓琴见威王,威王说而舍之右室。"此句借喻夷简受君王重用。

②"去和"句:《淮南子·泰族训》:"舜为天子,弹五弦之琴,歌南风之诗,而天下治。"南风,育养民之诗也。此句谓夷简往治西川,抚育百姓。

③"从此"句:谓荐琴石因夷简之功绩而名垂千古。他山,《诗经·小雅·鹤鸣》:"它山之石,可以为错。"此指荐琴石。

④徽音:美妙之乐声。

[赏析]

本诗旨在褒扬李夷简,借荐琴石以及两则琴的典故,暗喻夷简之受重用,契合君王心意而派任西川,行化育百姓之德政。首二句连接巧妙,使二典故自然融合衔接。末二句又扣紧"石"的本身,写物亦写人,可谓咏物佳构。

诏追赴都二月至灞亭上

十一年前南渡客①,四千里外②北归人。诏书许逐阳和③至,驿路开花处处新。

[题旨]

元和十年(815),柳宗元奉诏还京,途中有感而作。灞亭,在灞陵上,汉文帝葬于灞陵，距长安不远。此诗以春日花开，表达欣喜之情。

[注解]

①"十一"句：柳宗元自被贬永州至元和十年诏追入京凡十一年。

②四千里外：指永州至京城之遥。例如《通典·州郡》卷十三："零陵郡去西京三千二百七十四里。"零陵在永州境内，四千里为举其成数。

③阳和：春暖之气。

[赏析]

首二句对偶工整，提出十一年前、四千里外的时空坐标，贬谪之苦自然呈现眼前；"南渡客"与"北归人"更形成对比，个中悲喜不言而喻。末二句和"二月"新春而写，清新春景，也代表其内心的欢欣雀跃。

奉酬杨侍郎丈因送八叔拾遗戏赠诏追南来诸宾二首

贞一来时送彩笺①，一行归雁②慰惊弦。翰林③寂寞谁为主，鸣凤应须早上天。

[题旨]

此为酬酢诗。杨侍郎托其八叔致送柳宗元《戏赠诏追南来诸宾》之诗，柳宗元回赠二首（本首及下一首），并顺便献给杨八叔。杨侍郎，名于陵，字达夫，元和九年（814）任兵部侍郎。丈，尊称。八叔，杨归厚，字贞一，行八，侍郎于陵之族叔。拾遗，官名，掌讽谏之职，以正人君之得失。

[注解]

①贞一：即八叔，杨归厚，字贞一。彩笺：即杨侍郎戏赠之什也。

②归雁：指诸宾，柳宗元、刘禹锡等人。

③翰林：谓文士之多如林，犹言文坛、文苑。

[赏析]

酬酢诗须兼顾主客双方，故此诗首二句感谢杨氏叔侄赠诗，慰解这群遭贬谪而北返的惊弓之鸟、失意士人；三、四句则恭维对方，文坛沉寂多时，谁可称得上一方霸主呢？像您这样的人才，早该如鸣凤一飞冲天啊。

六 言

一生判却①归休，谓著南冠②到头。冶长虽解缧绁③，无由得见东周④。

[题旨]

此为前篇二首之二，《全唐诗》即不另加诗题。每句六言，体制较特别，盖反映失望至极之心声也。

[注解]

①判却：后世多作"拼却"，即今俗谓"豁出去"之意。

②南冠：楚冠，谓羁囚也。《左传·成公九年》："晋侯观于军府，见

钟仪,问之曰:'南冠而絷者谁也?'"

③"冶长"句:《论语·公冶长》:"子谓公冶长可妻也,虽在缧绁之中,非其罪也。"解缧绁,谓脱离罪刑,此处用以自比。缧绁,捆绑犯人的绳索,借指牢狱。

④此句似谓宗元已知不得朝廷重用。东周,指东周首都洛阳。一说,东周谓杨凭,时在洛阳。杨凭,宗元岳父也。

[赏析]

本篇词情愤激,反映柳宗元获诏北返以来,内心最深刻的忧虑与郁闷。首二句言自以为此身将永系囚笼,终老于贬谪之地;第三句出现转折,没想到今朝脱离罪罚之身,获诏北返;第四句却更加感慨,此次北返入京,似乎不复受到重用。按,柳宗元二月北返,三月,出为柳州刺史,其处境身份仍然没有改善,甚至被更加悲苦。这首诗所流露的失望之情,仿佛有所预感。

商山临路有孤松往来斫以为明好事者怜之编竹成援遂其生植感而赋诗

孤松停翠盖,托根临广路。不以险自防①,遂为明②所误。幸逢仁惠意,重此藩篱护。犹有半心③存,时将承雨露。

[题旨]

元和十年(815)三月,柳宗元北返入京后,出为柳州刺史。《通鉴·

唐纪》:"王叔文之党坐谪官者,凡十年,不量移,执政有怜其才欲渐进之者,悉召至京师,谏官争言其不可,上与武元衡亦恶之,三月乙酉,皆以为远州刺史。"可见宗元等人此行皆铩羽而归,甚至贬谪到更荒远之地,相当凄惨。此诗即赴柳州道中作,盖有以孤松自况之意。商山,在今陕西商洛市商州区东,终南山之支脉也。援,谓藩篱。诗题甚长,意谓商山临路,有孤松一棵,往来者争相砍伐,以作为燃料。又有好事者怜悯其处境,为之编竹篱屏障,保护剩余的根干,使之能够继续存活。故宗元有感而赋诗。

[注解]

①"不以"句:谓松不知防范危险,未察觉身处道路之旁更易招来祸害。

②明:谓取松枝以为燃料、火把。

③半心:指被砍伐后剩余的根干。

[赏析]

路旁的孤松,有着蓊郁茂盛的枝叶,却成为往来者觊觎的对象,争相砍伐取用。这是幸还是不幸呢?俗语云:"树大招风。"有才德之士,往往也易遭人逸妒吧!因此空有才华,却不得施展,甚至因此罹罪,岂是衷心所愿?柳宗元写此孤松,当有庄子"不材之材"的感叹吧!

长沙驿前南楼感旧

海鹤①一为别,存亡三十秋②。今来数行泪,独上驿南楼。

[题旨]

长沙驿在潭州（今湖南），此为赴柳时作。自注云："昔与德公别于此。"德公，未详其人，是宗元少年时代旧友，而今已亡故。全篇充满念旧之伤感。

[注解]

①海鹤：指旧友德公。
②"存亡"句：谓二人分别三十年之久，而一存一亡，令人感伤。三十秋，上溯三十年，时宗元年十三，其父柳镇任鄂岳团练判官。

[赏析]

少年时代的友谊，最令人怀念。柳宗元为深情者，故旧地重游时，更想念故人风采。首二句"一为别"与"三十秋"的时间感，颇令人触目惊心，由此也可看出柳诗用字的功力。

衡阳与梦得分路赠别

十年憔悴到秦京①，谁料翻为岭外行②。伏波故道③风烟在，翁仲遗墟草树平④。直以慵疏招物议，休将文字占时名⑤。今朝不用临河别，垂泪千行便濯缨⑥。

[题旨]

梦得，刘禹锡字。元和十年（815）三月，柳宗元与刘禹锡分别出任柳州刺史与连州刺史,两人同行至衡阳而分别,宗元乘船至柳州,禹锡登陆赴连州,诗即作于此时,流露相知相惜的情感。

[注解]

①"十年"句:谓经过十年之贬谪,心力交瘁,终获诏返京。秦京,秦都咸阳,此借指长安。

②岭外行:岭指秦岭,谓离开京城之地,外放远州。

③伏波故道:指此次禹锡所往,为东汉伏波将军马援所行经之旧路。

④"翁仲"句:谓其所经之途,景象荒凉。翁仲,墓前石人。

⑤"直以"二句:谓禹锡个性疏懒,故引入议论;劝他不要想用文章来博得当世声名,以免更加招惹是非。按,《旧唐书·刘禹锡传》:"元和十年,自武陵召还,宰相复欲置之郎署。时禹锡作《游玄都观咏看花君子诗》,语涉讥刺,执政不悦,复出为播州刺史。"其后因裴度之力,得改连州。宗元之言殆指此类事也。

⑥"今朝"二句:谓二人不必在河边送别,泪下千行,已足够洗濯帽带了。濯缨,《孺子歌》:"沧浪之水清兮,可以濯我缨。"此处意谓二人皆为清流之士。又,李陵《与苏武诗》:"临河濯长缨,念子怅悠悠。"代表二人交谊深厚之意,而此处翻用其语,更加强调伤心话别之意。缨,帽带。

[赏析]

本诗及以下三首,皆为柳宗元与刘禹锡话别之作,禹锡亦酬答三首,可见二人的确为至交好友,情逾生死。宗元对禹锡的深情厚谊,尚可由一事看出:初,禹锡派任播州(今贵州遵义),播州地远荒僻,宗元体恤禹锡母老不能远行,乃自请以柳州之职交换。后来宰相裴度也上奏此事,以"孝理之风"

劝谏宪宗，禹锡于是得以改任连州刺史。此事虽然靠裴度力谏，但宗元以待罪之身，不惜冒犯帝王，颇有为友两肋插刀的义气，超乎平常人的作为。

本诗首二句纪实，但语气强而有力，"谁料"一词，尤能显现惊愕、愤愤不平之意。三、四句纪其道途行迹，以见"岭外行"的荒芜凄凉。五、六句用以规劝，亦侧面点出禹锡之得罪当朝，不过是"慵疏""文字"等莫须有之罪名罢了。末出以惜别之意，暗寓清流之比，尤见高明。附录刘禹锡的酬答：《再授连州至衡州酬柳柳州赠别》："去国十年同赴召，渡湘千里又分歧。重临事异黄丞相，三黜名惭柳士师。归目并随回雁尽，秋肠正遇断猿时。桂江东过连山下，相望长吟有所思。"

重别梦得

二十年来万事同①，今朝歧路忽西东。皇恩若许归田②去，晚岁当为邻舍翁。

[题旨]

写作背景同前。再次赠别，可见二人交情深厚。

[注解]

①"二十年"句：贞元九年柳宗元与刘禹锡同举进士，其后出处略同，至是二十三年了。

②归田：退休归隐。

[赏析]

柳宗元与刘禹锡志同道合,惺惺相惜。他们的仕途,也如此相似:同为王叔文奖掖,叔文当政,时号"二王、刘、柳"。后遭贬黜,宗元被贬永州,禹锡初被贬连州刺史,再被贬朗州司马。元和十年复召,又同出远州,宗元被贬柳州,禹锡初被贬播州,后改连州,二人不得不就此分别,知己天涯,此后惨淡之迟途可想而知,不得不令宗元一别再别,乃至三别禹锡,也难以尽诉内心的感受。如此诗末句所言,若晚年能够比邻而居,当是宗元与禹锡最虔诚,也是最奢侈的愿望吧!刘禹锡的赠答,也有相同心愿:"弱冠同怀长者忧,临歧回想尽悠悠。耦耕若便遗身世,黄发相看万事休。"

三赠刘员外

信书成自误,经事渐知非。今日临歧别①,何年待汝归?

[题旨]

写作背景同前。三赠,尤见其离情依依,纸短情长。

[注解]

①临歧别:一作"临湘别"。湘,指湘水。

[赏析]

连续三首赠别诗,环绕的主题都是柳、刘二人的多年情谊与离情依依。

其中尤待玩味的是,柳宗元对此次北返而又遭贬黜的心理反应。以三赠诗看来,首二句正是对一己命运的反省与怨嗟,大有"诗书误我",觉昨是而今非的况味。这样的心态,是很值得同情的,尤其是满怀着希望获诏北返,以为可以重振雄风,再展长才,孰料朝中恶势力仍在,一干有志之士不仅希望落空,还被愈贬愈远!余年无多,四十三岁的柳宗元,其实已步入垂老的境况,刘禹锡(四十五岁)也是相同的,"何年待汝归"之语,殷勤关注,却令人油然升起生离死别的痛楚。禹锡《答》曰:"年方伯玉早,恨比四愁多。会待休车骑,相随出罻罗。"其诗以蘧伯玉行年六十相比,觉得自己仍显得年轻力壮,但离愁深重,可比张衡《四愁诗》之愁多。其末二句犹存冀望,盼有朝一日能摆脱名利的牢笼,逍遥自在,虽然语气较乐观潇洒,但仍然难掩惜别之情。

再上湘江

好在^①湘江水,今朝又上来。不知从此去,更遣几时回?

[题旨]

赴柳州途中作。再上,初被贬永州,今赴柳州,皆经湘江,故云。

[注解]

①好在:依旧之意。

[赏析]

柳宗元赴柳州,内心充满"去国投荒"的悲哀。其《送李渭赴京师序》云:"过洞庭,上湘江,非有罪左迁者罕至。"可想见其凄绝断肠之苦。而此去想必苦多乐少,甚至死生未卜,又怎能预料何时得复召北归呢?

再至界围岩水帘遂宿岩下

发春念长违,中夏欣再睹①。是时植物秀,杳若临玄圃②。歊阳讶垂冰③,白日惊雷雨。笙簧潭际起,鹳鹤云间舞。古苔凝青枝,阴草湿翠羽。蔽空素彩列,激浪寒光聚。的皪④沉珠渊,锵鸣捐佩浦。幽岩画屏倚,新月玉钩吐。夜凉星满川,忽疑眠洞府⑤。

[题旨]

作于元和十年(815)五月,赴柳州途中。前北返入京时,曾经界围岩,故云再至。

[注解]

①"发春"句:柳宗元元和十年春正月自永召还,过岩下,五月复经从,故云"发春""中夏"。

②玄圃:东方朔《十洲记》有玄圃台,乃神仙住所。

③"歊(xiāo)阳"句:形容炎阳下的水帘,令人感觉清凉如冰。歊,热气出貌。下句"雷雨",亦喻水帘。

④的皪(dì lì):白貌。

⑤洞府:神仙住所。

[赏析]

此诗旨在写景,对偶工整,造语典丽。因系再至岩下,故扣紧五月夏日之景而写。五、六句以"垂冰""雷雨"喻水帘,显现炎夏清凉之境。七、八句以"笙簧"喻水声,"鹳鹤"喻泉水下注之状,充满想象之美。末四句描写夜景,呼应"夜宿",也呈现出悠闲意境。

桂州北望秦驿手开竹径至钓矶留待徐容州

幽径为谁开?美人①城北来。王程傥余暇②,一上子陵台③。

[题旨]

元和十年(815),以长安令徐俊为容管经略使。徐容州,即俊也。柳宗元是年三月出为柳州,而徐之除在宗元后。故宗元先至桂州,留诗以待之。桂州,今广西桂林市。秦驿,谓秦城,属临桂县,在今广西兴安县南四十里处。

[注解]

①美人:谓徐容州。

②王程:王事,公事。傥:如果。余暇:空闲。

③子陵台:《后汉书·严光传》云:严光字子陵,隐于钓,后人名其钓处为严陵濑焉。

[赏析]

简洁的小诗,先提公事,再邀约登山访水,享受山林风光野趣。

岭南江行

瘴江①南去入云烟,望尽黄茅是海边。山腹雨晴添象迹②,潭心日暖长蛟涎③。射工④巧伺游人影,飓风⑤偏惊旅客船。从此忧来非一事,岂容华发⑥待流年。

[题旨]

入桂赴柳途中作,时当元和十年(815)六月。

[注解]

①瘴江:江名,在岭南道廉州境内,因瘴疠肆虐而得名。

②象迹:周去非《岭外代答》卷一:"象州郡治西楼,正面西山,山腹忽起白云,状如白象,移时不灭。"

③长蛟涎:孙汝听曰:南方池塘沟港中往往有蛟,或于长江内吐涎。人为涎制不得去,遂没江中。蛟,状如蛇。

④射工:虫名。《博物志》云:江南山溪中有射工虫,甲虫之类也。长一二寸,口中有弩形,气射人,随所着处发疮,不治则杀人。

⑤飓风:强风、台风。

⑥华发:花白的头发。

[赏析]

此诗道尽柳州山川风物之恶异于他郡,非亲临其地者,不能体会其流离困苦唯恐贬死于炎荒之地的心境。首二句言其大概,由此而望至海边,殆为想象之词,然语极消沉。三至六句写南方风物之异者,绮丽怪异,耸人听闻,故激引愁绪,非止一端。末二句为衰飒之语,愁闷至极,不待岁暮日斜,便已满头花发矣。

古东门行

汉家三十六将军①,东方雷动横阵云②。鸡鸣函谷③客如雾,貌同心异④不可数。赤丸⑤夜语飞电光,徼巡司隶眠如羊⑥。当街一叱百吏走,冯敬胸中函匕首⑦。凶徒侧耳潜惕心,悍臣破胆皆杜口⑧。魏王卧内藏兵符⑨,子西掩袂真无辜⑩。羌胡毂下一朝起⑪,敌国舟中非所拟。安陵谁辨削砺功⑫?韩国讵明深井里⑬?绝脰断骨那下补⑭,万金宠赠不如土。

[题旨]

鲍明远乐府诗尝有《东门行》。东门,谓长安城门也。观诗意,盖以讽当时盗杀武元衡事。元衡为相,宅在京师靖安里。元和十年(815)六月,将朝,出里东门,有贼自暗中突出射之,从者散走,遂遇害。

[注解]

①"汉家"句:汉景帝三年,七国反。上乃拜中尉周亚夫为太尉,

将三十六将军往击吴、楚。

②"东方"句：谓当时王承宗抗君命，上怒，削其官爵，讨之。会淄青、卢龙数表请赦，乃诏浣雪，畀以故地。及元济反，承宗与李师道上书请宥，使人白事中书，元衡叱去。承宗怒，与师道谋杀元衡。故此诗首引七国事，谓元衡之变亦起于削地也。阵云，战云。

③鸡鸣函谷：《史记·孟尝君列传》云，孟尝君夜半至函谷关，关法，鸡鸣而出客。孟尝君恐秦追至，客之居下坐者能为鸡鸣，而鸡尽鸣，遂得出。函谷，秦关也。

④貌同心异：谓朝中怀有私心、私通叛党者。

⑤赤丸：《汉书·尹赏传》：长安中奸滑浸多，闾里少年群辈杀吏，受赇报仇，相与探丸为弹，得赤丸者斫武吏，得黑丸者斫文吏，白者主治丧。

⑥"徼巡"句：谓巡守的官员未尽职责，酣睡如羊，故不知有变。徼巡司隶，司隶校尉，掌巡逻防守之职。

⑦"当街"二句：《汉书·贾谊传》："谊上疏曰：'陛下之臣，虽有悍如冯敬者，适启其口，匕首已陷其胸矣。'"如淳注曰："冯敬，无择子，名忠直，为御史大夫，奏淮南厉王诛之。"师古注曰："始欲发言节制诸侯王，则为刺客所杀。"此以喻元衡被刺。

⑧凶徒：谓李师道、王承宗辈。悍臣：指朝中大臣。杜口：谓朝臣不敢言用兵及捕刺客之事。

⑨"魏王"句：《史记·信陵君列传》云，魏安釐王使将军晋鄙将十万众救赵，实持两端以观望。如姬入王卧内盗晋鄙兵符，以助信陵君救赵。此处以魏王之观望态度喻宪宗用兵举棋不定，叛贼因而得遂奸谋。

⑩"子西"句：《左传·哀公十六年》："（白公胜）遂作乱，秋七月，杀子西、子期于朝，而劫惠王。子西以袂掩面而死。"此处以子西喻

元衡，哀矜其遇刺而死。

⑪"羌胡"句：谓各方叛贼一旦汹涌而起，后果不堪设想。司马相如《上书谏猎》："陛下好陵阻险，射猛兽，卒然遇轶材之兽，骇不存之地，是胡越起于毂下，而羌夷接轸也。"

⑫"敌国"二句：意在劝谏宪宗应立惩元凶，以防后患。敌国舟中，《史记·孙子吴起列传》：吴起谏武侯曰："君不修德，舟中之人尽为敌国也。""安陵"句，《史记·袁盎列传》：梁孝王欲求为嗣，袁盎进说，其后语塞。以此怨盎，使人刺盎安陵郭门外。《梁孝王世家》：褚先生曰："王使人杀盎，刺者刺之，置其剑，剑著身。视其剑，新治。问长安中削砺工，工曰：'梁郎某子来治此剑。'以此知而发觉之。"

⑬"韩国"句：《史记·刺客列传》：聂政，河内轵县深井里人。严仲子事韩哀侯，与韩相侠累有隙，请政为之报仇。政刺杀侠累，因自皮面抉眼，自屠出肠。韩取尸暴于市而问，莫知谁子。其姊往哭之，死于尸旁。此句及上句皆谓如何能够缉拿行刺武元衡的元凶。按，《旧唐书·张弘靖传》及《吕元膺传》载，盗杀宰相武元衡，京师索贼未得。尝缉杀王承宗邸中镇卒张晏等数人，以及李师道将訾嘉珍、门察等辈，皆称刺杀元衡者，然竟不知谁为幕后主使者也。

⑭"绝膿"句：意谓盗贼将元衡断肌断骨，手段残酷，而其残骸已不能弥补。膿，肌也。下，一作"可""暇"。

[赏析]

柳宗元、刘禹锡同朝为御史时，武元衡为中丞，双方虽然不谐，但元衡遇刺，柳、刘皆作诗哀悼。柳作《古东门行》，刘作《代靖安佳人怨二首》，后人大多认为柳诗较刘诗诚恳哀切。这首《古东门行》，语语用典，文气雄悍，颇见嫉恶悯忠之意，而"赤丸夜语飞电光，徼巡司隶眠如羊"

二句,描摹遇刺当时景况,隐含鬼魅阴森气息,咄咄逼人,尤为酷肖长吉(李贺)。然而如章士钊《柳文指要·下·通要之部》卷十二曰:"全篇气象万千,只表吊叹而不及其他。独末一句略带阳秋,微欠庄重,不免为白璧之瑕尔。"本篇确实较缺少感性的言语,无法显现对死者的深刻哀恸。其着力处,乃在于宰相遇刺、国家有难的"公"的层面,属于私人的情感面,或对武元衡的褒贬,则略而不谈。

答刘连州邦字

连璧①本难双,分符刺小邦②。崩云下漓水③,劈箭上浔江④。负弩啼寒狖⑤,鸣枹惊夜猱⑥。遥怜郡山好,谢守⑦但临窗。

[题旨]

柳宗元初到柳州,赋诗赠刘禹锡。刘连州,即刘禹锡,派任连州刺史。邦字,邦符也,掌管政事的令符。

[注解]

①连璧:晋潘岳、夏侯湛号称连璧。此喻刘禹锡与宗元本人。

②分符:分一半符节给使臣作为信物。此处指受命赴任。刺:治理。

③漓水:桂江一名漓水。

④浔江:江名,在今柳州北。

⑤狖(yòu):兽名,似猿,黑色长尾猴。

⑥枹(fú):击鼓杖也。猱(máng):犬多毛也。

⑦谢守：指晋谢灵运，尝任永嘉太守，爱好登览山水。

[赏析]

首二句以"连璧""分符"描述自己与刘禹锡志同道合，终不得不分道扬镳，分别就任远州小邦。三至六句则极力写景，以见柳州山川险恶，野兽骇人。末则以谢灵运自比，一者同好山水，二者同为宦场失意人也。

登柳州城楼寄漳汀封连四州

城上高楼接大荒，海天愁思正茫茫。惊风乱飐芙蓉水①，密雨斜侵薜荔②墙。岭树重遮千里目，江流曲似九回肠。共来百越文身③地，犹自音书滞一乡。

[题旨]

永贞元年（805），柳宗元与韩泰、韩晔、刘禹锡、陈谏、凌准、程异、韦执谊，皆以附王叔文贬，号八司马。凌准、执谊皆卒贬所。异先用。余四人，元和十年（815）与宗元皆例召至京师，又皆出为刺史。宗元为柳州，泰为漳州，晔为汀州，禹锡为连州，谏为封州。宗元六月到柳州，此诗是年夏所作。

[注解]

①惊风：急风。飐：风吹浪动。
②薜荔：香草也，缘木而生。

③文身：即纹身，以颜料刺画其体。《庄子·逍遥游》："越人断发文身。"

[赏析]

首句即点题，并指出登楼所见。在一片荒野，海天相连处，愁思缥缈，无所终止。以下惊风飐水、密雨侵墙，诗中互文，赋中有比，暗示己等四人震撼危疑而不露痕迹。"芙蓉""薜荔"皆指有德君子。五、六句以岭树重遮喻君门之远，江流迂曲喻臣心之苦。或以为乃说明思友不得见之愁绪。末二句写诸友一同被贬荒陬，难以传递书信，流露深痛之情。

此诗气象开阔而情韵绵邈，相当受到后人肯定。大抵以其首二句起势极高，出手不凡；三、四句为近景；五、六句为远景，秩序井然；末二句总括，不明言谪宦而谪宦之意自见。兹引述二位评点家之言：

廖文炳《唐诗鼓吹注解》卷一："此子厚登城楼怀四人而作。首言登楼远望，海阔连天，愁思与之弥漫，不可纪极也。三、四句惟'惊风'，故云'乱飐'；惟'细雨'，故云'斜侵'，有风雨萧条、触物兴怀意。至'岭树重遮''江流曲转'，益重相思之感矣。当时'共来百越'，意谓易于相见，今反音问疏隔，将何以慰所思哉！"

金圣叹《贯华堂选批唐才子诗甲集七言律》卷五："一句下个'高楼'字，二句下个'海天'字，'高楼'之为言欲有所望也，'海天'之为言无奈并无所望也。于是心绝、气绝矣。然后下个'正'字，'正'之为言人生至此，已是入到一十八层之最下一层，岂可还有余苦未吃，再要教吃？今偏是'惊风''密雨'，全不顾人；'乱飐''斜侵'，有加无已。……末联言欲离苦求乐，固不敢出此望，然何至苦上加苦，至于如此其极，盖怨之至也。"

酬徐二中丞普宁郡内池馆即事见寄

鹓鸿念旧行①,虚馆对芳塘。落日明朱槛,繁花照羽觞。泉归沧海近,树入楚山长。荣贱俱为累②,相期在故乡。

[题旨]

此为酬答诗。徐二中丞即前《桂州北望秦驿手开竹径至钓矶留待徐容州》所云徐容州。普宁郡,在容州。

[注解]

① "鹓鸿"句:谓昔曾同朝为官。鹓鸿,喻朝官行列。
② "荣贱"句:谓己与中丞,一被贬,处境卑贱;一仍位居要职,享有荣名。然无分荣贱,其实皆为功名利禄所牵绊。

[赏析]

这首诗显现"君子之交淡如水"的况味。首句怀旧,表示二人同朝为官的交谊;次句为对句,点出此际己身处境孤寂,今非昔比。三、四句为近景,写己在斜日下独酌,寄寓思友之意。五、六句为远景,点出柳州山水。末则回应酬赠之本意,相期重逢于故乡。

酬贾鹏山人郡内新栽松寓兴见赠 二首之一

芳朽自为别,无心乃玄功①。夭夭日放花,荣耀将安穷②? 青松遗涧底，擢莳③兹庭中。积雪表明秀，寒花助葱茏④。幽贞⑤夙有慕，持以延⑥清风。

[题旨]

此为酬答诗。郡，谓柳州。贾鹏山人新种松树一棵，因而起兴赋诗赠柳宗元，宗元酬答之。贾山人，即贾景伯，宗元《送贾山人南游序》曾提及，贾于宗元刺柳后数月至柳，居未久而南游。按，宗元于元和十年（815）六月二十七日至柳，则此诗当作于是年冬季。

[注解]

① "芳朽"二句：谓芳朽之异，乃天然之功。芳朽，繁荣与枯朽。别，差别、差异。玄功，天功、天命也。

② "夭夭"二句：每日盛开的花朵，其繁华何时穷尽？意即花朵易凋零，不如青松耐寒持久。

③擢莳：移植。

④ "积雪"二句：谓青松经霜历雪，更加苍翠。寒花，雪花。葱茏，茂盛。

⑤幽贞：喻坚贞的品格。

⑥延：引也。

[赏析]

本诗主题在于歌咏青松之高风亮节，常青不凋。三至六句以花为对比，显示世人多注意美丽花朵，而忽略涧底孤生的青松；因此贾山人将松移植庭中，可谓慧眼独具。七、八句以'积雪''寒花'衬托青松挺拔葱茏之姿，相当具有视觉效果。

酬贾鹏山人郡内新栽松寓兴见赠二首之二

无能常闭阁①,偶以静见名②。奇姿③来远山,忽似人家生。劲色不改旧,芳心与谁荣?喧卑岂所安,任物非我情④。清韵动筝瑟,谐此风中声。

[注解]

①无能:没有专长、才能。《论语·卫灵公》:"君子病无能焉,不病人之不己知也。"闭阁:闭门谢客之意。

②见名:得名。

③奇姿:谓所栽松。

④"喧卑"二句:处此卑下之境,岂能安定?任物随俗,并非我的真性情。

[赏析]

本诗续写所栽松树,以松喻己,表现孤高不俗的志向。首二句言己闭门谢客,偶因清静无为而得名。三至六句写所栽松,本应孤生于旷野,今却移植庭中,其茂盛繁荣,为谁而发?盖由此感叹草木无心,不知处境迁移之苦。故七、八句写己处于卑下之境,随波逐流,非其所愿。末以松涛清韵收结,将此郁结心绪散入阵阵松风。

雨中赠仙人山贾山人

寒江夜雨声潺潺,晓云遮尽仙人山。遥知玄豹①在深处,下笑羁绊泥涂②间。

[题旨]

本诗与前诗同时作。仙人山,即仙奕山。宗元《柳州山水近治可游者记》曾记述其胜景,有石形如仙人。贾山人,即前诗之贾鹏。

[注解]

①玄豹:《古列女传》卷二载,陶答子妻谏答子曰:"妾闻南山有玄豹,雾雨七日而不下食者,何也?欲以泽其毛而成文章也,故藏而远害。犬彘不择食以肥其身,坐而须死耳。"此处指贾山人超然于物外。

②泥涂:《左传·襄公三十年》:"赵孟问其县大夫,则其属也。召之,而谢过焉,曰:'武不才,任君之大事,以晋国之多虞,不能由吾子,使吾子辱在泥涂久矣。……'遂仕之,使助为政。"本谓处于困境之中,此处"羁绊泥涂"则谓己沉浮于宦海。

[赏析]

首二句写景,以寒气、雨声、晓云等景物衬托仙人山的灵明之气。三、四句以譬喻的手法,分写对方与己身之处境,贾山人超然物外,如玄豹韬光养晦,高深不可及;而己则陷于世俗名利的牵绊,宛如在泥涂般不堪。"下笑"，指贾山人应该会嘲笑己身之不得自由吧！这两句也可看作扬人抑己的写法，相当符合酬赠诗的格式。

殷贤戏批书后寄刘连州并示孟仑二童

书成欲寄庾安西①，纸背应劳手自题。闻道近来诸子弟，临池②寻已厌家鸡③。

[题旨]

此诗及以下与刘禹锡赠答诸篇，皆于元和十年（815）作。刘连州，刘禹锡，时刺连州。殷贤，刘禹锡家子弟。孟仑二童，禹锡之子也。本诗题应作"戏批殷贤书后寄刘连州并示孟仑二童"，其意较清晰：盖由殷贤首先寄书予柳宗元，宗元答其书，并于书后戏题一诗寄予禹锡，并示孟仑二童。书，此处应指书法作品。赵璘《因话录》云："宗元兼擅书法，尤长于章草，为时所宝，湖湘以南童稚悉学其书，颇有能者。"由首句"庾安西"典故，末句"临池"之语，亦可证明。

[注解]

①庾安西：指晋庾翼，字稚恭，授安西将军，又进征西将军，领南蛮校尉。与书法家王羲之齐名。宗元自注云："家有右军书，每纸背庾翼题云：王会稽六纸，二月三十日尝观。"王羲之，字逸少，咸康中为右军将军、会稽内史，故云王右军、王会稽。

②临池：《晋书·王羲之传》云，王羲之尝与人书云："张芝临池学

书,池水尽黑,使人耽之若是,未必后之也。"

③厌家鸡:《南史·王僧虔传》载僧虔论书云:"庾征西翼书,少时与右军齐名。右军后进,庾犹不分。在荆州与都下人书曰:小儿辈贱家鸡,皆学逸少书,顷吾还叱之。"家鸡,谦称自己。此言刘家子弟已不喜禹锡之书而重宗元之书,此即题为"戏批"之意。

[赏析]

这首诗相当有趣,可以看见柳、刘二位好友的交情匪浅,所以可以开开玩笑,无伤大雅。本诗以庾安西与王羲之在书法方面的交谊作譬喻,戏而不谑,饶富趣味。

重赠二首之一

闻说将雏向墨池①,刘家还有异同词②。如今试遣隈墙问,已道世人那得知③。

[题旨]

此为酬答诗。按,前诗赠刘之后,刘禹锡有《酬柳柳州家鸡之赠》:"日日临池弄小雏,还思写论付官奴。柳家新样元和脚,且尽姜芽敛手徒。"官奴,王羲之子献之小名,刘以之喻己之子弟,意谓告诫自家子弟,柳宗元的书法虽变新样,而实不佳,学柳者尽是"姜芽敛手"之辈。姜芽敛手,形容其握笔姿势怪异丑陋。刘诗亦为"戏题",故柳宗元又回赠二首,互相调侃。

[注解]

①"闻说"句：承用刘诗"日日临池弄小雏，还思写论付官奴"二句，意谓听说您督促子弟努力学字，和他们谈论书法之道。亦有戏谑之意。

②"刘家"句：《汉书·刘歆传》："（刘向）父子俱好古，博见强志，过绝于人。歆以为左丘明好恶与圣人同，亲见夫子，而公羊、穀梁在七十子后，传闻之与亲见之，其详略不同。歆数以难向，向不能非间也。"此处借喻刘禹锡父子，两代之间也可能对书法有不同看法。

③"如今"二句：《晋书·王献之传》载，谢安问王献之曰："君书何如君家尊？"答曰："固当不同。"安曰："外论不尔。"答曰："人那得知。"此二句借此典故以比刘禹锡父子，戏言刘家子弟已不重家翁之书艺也。

[赏析]

此诗与所答之作针锋相对，戏谑又不失机趣。引用刘向父子、王羲之父子在经学、书法上的异同，显得尤为贴切而具说服力。由此也可见柳诗用典之功力。

重赠二首之二

世上悠悠不识真，姜芽①尽是捧心人②。若道柳家无子弟，往年何事乞西宾③？

[注解]

①姜芽：喻五指握笔弯曲状。

②捧心人：昔西施有心痛之疾，疾发时辄捧心蹙眉，人以为美也。有邻女仿效之，益形其丑，世谓之"东施效颦"。此即指此效颦捧心、不得其真意的人。

③西宾：西席，旧时对塾师或幕客的尊称。此为宗元戏称往年禹锡曾求之写《西都赋》，犹如乞之为西宾。

[赏析]

这首诗火药味更浓了，首二句即痛批世上效颦之辈，其实并未学得宗元书法的真髓。言下之意，老友说他"柳家新样元和脚，且尽姜芽敛手徒"，实在不是高明之见。三、四句更是直接质问，如果你觉得我们柳家书艺不精，当年又何必乞求我为你抄写《西京赋》！这些不假修饰的言语，正显现出二人的友谊牢固，可以经得起考验，只是玩笑罢了，不会引起误解。

叠 前

小学新翻墨沼波，羡君琼树散枝柯①。在家弄土②唯娇女，空觉庭前鸟迹多③。

[题旨]

前诗之后，刘禹锡又有《答前篇》《答后篇》，故柳宗元作《叠前》

《叠后》以和之。叠,和也。刘《答前篇》:"小儿弄笔不能嗔,浣壁书窗且赏勤。闻彼梦熊犹未兆,女中谁是卫夫人?"盖就柳《重赠》二首其一而答,谈论双方子弟。前二句自喜有子可传承书艺,后二句则戏问宗元何时方能有子,女儿中又有谁可以成为书法家。卫夫人,名铄,字茂猗,隶书尤善;王羲之少师之,书法得入妙品。而宗元之唱和,亦就儿女论之,并自谦女儿学字,并无太大成就。

[注解]

①琼树散枝柯:赞美刘禹锡家族兴旺,子弟成材。琼树,玉树。

②弄土:在沙土上刻画,作书于地。宗元有子二人,长曰周六,生于元和十一年,此时尚未出生,故此句云"唯娇女"。

③鸟迹多:形容其女作书于地,字迹多而乱。鸟迹,指文字。传说仓颉观鸟迹,因而遂滋,则谓之字。

[赏析]

首句谦称自己刚刚学写字,次句羡慕对方已经学有专精,子弟皆成材。相形之下,尚未得子的自己,只有娇女跟着学习书艺,三、四句颇见宗元之感慨。而二人之唱和论书艺诸诗,至此已归风平浪静,不再针锋相对,宗元又回复了他寂寥萧瑟的心情。

叠　后

事业无成耻艺成,南宫起草旧连名①。劝君火急添功用,趁取当时二妙声^②。

[题旨]

此和禹锡《答后篇》之作。《答后篇》云："昔日慵工记姓名，远劳辛苦写西京。近来渐有临池兴，为报元常欲抗行。"前二句回应柳宗元提起为写《西都赋》事，"慵工"略见戏谑之意；后二句则表示自己近来也颇好书法，以便对应元常想要分庭抗礼的企图。元常，三国时期钟繇，王羲之尝云："吾书比之钟繇，当抗行。"此处以元常喻宗元，谓其有与己在书艺上一较高下的意味。是故柳诗所和者，亦戏劝刘趁机加强，以便争取二人同列书艺名家的机会。

[注解]

①"南宫"句：谓柳、刘二人尝同为礼部员外郎。南宫，谓尚书省。

②二妙声：晋卫瓘为尚书令，与尚书郎索靖俱善草书，时人号为一台二妙。此处用以比己及禹锡，以二人尝同入尚书省，而禹锡又言"近来渐有临池兴"，因此劝其"火急添功用"，打铁趁热，努力学字，使二人比美"一台二妙"的好名声。

[赏析]

孙月峰《评点柳柳州集》卷四十二曰："以下八绝（按：指柳刘赠答八绝）虽非庄调，然借事发意，含讥带谑，兴趣固有余，可想见二公风流雅致，足为墨池故实，亦自可喜。"《叠后》为这组唱和诗的尾声，从首二句看，是雅正之语，对己与禹锡之少年得志、迭遭贬抑，颇有感慨，而今意外获得书艺之名，实难以为情。然三、四句又是谐谑戏之，力劝禹锡勤练书法，以便与之并驾齐驱，同登令名。是故雅谑互见，正是这组唱和诗的最大特点。这除了显示二人莫逆于心的度量与相知相契之外,也表现了其可雅可俗的创作才力,相当活泼生动。而这组唱和诗,就书法论高低,也可为书艺界增添一桩故实。

铜鱼使赴都寄亲友

行尽关山万里余,到时间井①是荒墟。附庸唯有铜鱼使②,此后无因寄远书。

[题旨]

宗元自注谓岁终入计也。此诗当作于至柳之年岁末。

[注解]

①间井:村落。

②"附庸"句:谓柳州郡小,岁终入计只能依附都府,由都府官员代为呈报,故下句言日后无机会可寄书予远方亲友。附庸,郑玄注《礼记·王制》:"小城曰附庸。附庸者,以国事附于大国,未能以其名通也。"此指柳州。宗元自注云:"岭南支郡无纲官,考典帐典等,悉附都府至京。"铜鱼使,铜鱼符,唐制京官五品以上所佩之官符。

[赏析]

首二句描述初到柳州时,跋山涉水,却只见一片荒凉景象。三、四句言待岁终入计时,只有依附都府的官使进京呈报,也顺便托他送信给亲友,否则便失去这机会了。

柳州峒氓

郡城南下接通津，异服殊音不可亲。青箬①裹盐归峒客，绿荷包饭趁虚人②。鹅毛御腊缝山罽③，鸡骨占年④拜水神。愁向公庭问重译⑤，欲投章甫作文身⑥。

[题旨]

本诗作于柳州，年月不可考。峒氓，谓西南少数民族。氓，野民也。此诗记载峒氓之奇风异俗，令柳宗元大为惊异，宛如一篇纪实的民族志。

[注解]

①箬：竹皮。

②趁虚人：三日一市，谓之趁虚，犹今之赶集。趁虚人，即做生意的小贩。

③御腊：御寒。罽，一种毛织品。

④鸡骨占年：以鸡骨占卜岁之丰凶。两粤鸡卜之俗，自汉代已有。

⑤重译：意谓辗转翻译始能通晓其民俗。

⑥"欲投"句：谓宗元欲抛弃儒者之理想，长居蛮夷之地以终老。章甫，《礼记·儒行》："孔子长居宋，冠章甫之冠。"孙希旦注："章甫，殷玄冠之名，宋人冠之。"此谓儒者的打扮。文身，《庄子·逍遥游》："宋人资章甫而适诸越，越人断发文身，无所用之。"

[赏析]

从第二句的"异服殊音不可亲",到末句的"欲投章甫作文身",可想见柳宗元的落寞心情。篇中翔实地记载此"不可亲"之风土,但又未能摆脱一己之命运束缚,于是只得自伤感叹,不如"投章甫作文身",入境随俗,在此终老一生。柳州诸诗,写得比永州诸作更意气消沉,欲振乏力,也更令人为之忧心。

柳州二月榕叶落尽偶题

宦情羁思①共凄凄,春半如秋②意转迷。山城过雨百花尽,榕叶满庭莺乱啼。

[题旨]

此诗因见榕树落叶而抒发羁旅愁思,当系于至柳州次年,元和十一年(816)春初。榕树为南方草木,树干高大而叶茂多荫,落叶不尽然在秋冬,春夏时亦常见,柳宗元北人南迁,故触景伤情。

[注解]

①宦情羁思:仕宦之情、羁旅之思,指自己宦海浮沉、谪迁荒陬的心情。

②春半如秋:仲春时榕叶飘落、百花凋零,令人以为像秋天一样。

[赏析]

　　柳宗元于元和十年（815）六月至柳州任刺史，对于民生建设，多所留心、改善，可谓尽责的父母官。然而其内在心灵，仍不免因外物而波动，所以在二月春初，乍见叶落花凋，便颇有感慨，分不清这是春还是秋。那凄凄之情与迷惘之心，正是他不能忘怀自身遭遇所致。这首诗一、二句直接点出情感，"春半如秋"代表诗人敏感的观察与感受，所以才会引发如许的惆怅。三、四句转而写景，以山雨莺啼、花尽叶落的景致作结，充满视听之美，也交织成一幅迷蒙哀婉的图画。

别舍弟宗一

　　零落残魂倍黯然①，双垂别泪越江边。一身去国六千里，万死投荒十二年②。桂岭瘴来云似墨，洞庭春尽水如天。欲知此后相思梦，长在荆门郢③树烟。

[题旨]

　　元和十一年（816）三月末，柳宗元从父宗弟（堂弟）宗一离柳州，宗元以此诗赠别。

[注解]

　①黯然：江淹《别赋》："黯然销魂者，唯别而已矣。"
　②十二年：自永贞元年（805）至元和十一年（816），指自己自得罪

以来，被贬谪蛮荒之地已有十二年之久。

③荆门郢：湖北江陵一带。宗一将往之从事。

[赏析]

　　首二句借用江淹《别赋》，点出送别的场景与心情。三、四句则吐露自身抑郁之情，表示从弟远离之后，自己将更加孤苦无依。"六千里"，取其成数，指柳州至西京距离之遥。十二年则为实计。"万死""投荒"之语，益见其不平之意。五、六句先写己身所处之地荒远无极，不宜居住；次写从弟此去江陵，路途遥远，江水如天，难以再归。两句文意对比，更衬托己身的穷绝困境，以及后会无期的怅恨。末二句收束，由离愁而转言相思：从弟所往的荆、郢，将是自己梦中相思的地方。

　　柳宗元之从弟见于文集者有宗一、宗直、宗玄，宗直于元和十年（815）七月至柳州，宗一或亦在是时至柳。宗元重情感，自己被贬黜南蛮之地，得手足为伴，聊堪慰解孤苦抑郁之情。今宗一即将离柳赴荆、郢，怎不教人伤感？在面对兄弟亲情时，宗元内心的怏怏不平，又再度被触动，因而在此赠别诗中他毫无保留地倾吐出了这种情感，足见其实为性情中人。

奉和周二十二丈酬郴州侍郎衡江夜泊得韶州书并附当州生黄茶一封率然成篇代意之作

　　丘山仰德耀①，天路下征骓②。梦喜三刀③近，书嫌五载违④。凝情江月落，属思岭云飞。会入司徒府，还邀周掾归⑤。

[题旨]

此为唱和之作。周二十二丈,谓周韶州,生平不详。郴州侍郎,谓杨于陵,字达夫。元和十一年(816),坐罪供军有阙,被贬为郴州刺史。杨于陵为柳宗元父亲之友。依题目看,杨于陵赴郴州途中泊于衡江时得周韶州书信及茶叶一封,故回信给周。周再酬唱,并令宗元和作。"奉和"表对周的尊敬,"率然成篇",自谦之语。通篇以称赞杨于陵的德行为主旨。

[注解]

① "丘山"句:形容杨于陵的品德崇高,如丘山高耸,令人景仰。按,《旧唐书·杨于陵传》云:"(于陵)器度弘雅,进止有常,……居官奉职,亦善操守,时人皆仰其风德。"

② "天路"句:比喻杨于陵才华出众,宛如天界道路上奔驰的快马。

③ 三刀:《晋书·王濬传》:"濬夜梦悬三刀于卧屋梁上,须臾又益一刀,濬惊觉,意甚恶之。主簿李毅再拜贺曰:'三刀为州字,又益一者,明府其临益州乎?'……果迁濬为益州刺史。"此处借用此典故,比喻杨于陵派任郴州刺史之事,"喜""近"显示了柳宗元心中的感受,期待杨的到来,能使二人更亲近。

④ 五载:五年,可能指二人五年来未通音讯。违:乖违,分离之意。

⑤ "会入"二句:用袁安、周荣典。据《后汉书》,袁安为司徒,辟周荣为掾(文书、幕府);此处以袁喻杨,以周自喻。

[赏析]

唱和之作多出于人情,尤其是对象为父执辈长者,其间分寸更须掌握得宜。杨于陵坐罪贬官,但柳诗中绝口不提,只称赞杨的品德才华,可见宗元懂得避讳，不揭人短处，亦不滥用同情。"三刀"典故，更巧妙掩饰杨的贬谪，仿佛只是命运之必然。五、六句的"凝情""属思"，意谓自己对杨的怀念惦记；透过这层情感的抒发，七、八句才显得自然不造作，希望杨就任安定后，可以邀约自己进入幕府，佐理政事。这虽然暗暗透露出自己不愿屈居柳州的痛苦心声，但说得非常含蓄，不卑不亢。

奉和杨尚书郴州追和故李中书夏日登北楼十韵之作依本诗韵次用

郡楼有遗唱①，新和敌南金②。境以道情得，人期幽梦寻。层轩隔炎暑，迥野恣窥临。风去徽音续③，芝焚芳意深④。游鳞出陷浦，唳鹤绕仙岑⑤。风起三湘⑥浪，云生万里阴。宏规齐德宇，丽藻竞词林⑦。静契分忧术，闲同迟客心⑧。骅骝当远步，鹦鸠莫相侵⑨。今日登高处，还闻梁父吟⑩。

[题旨]

此为唱和之作。杨尚书，谓杨于陵，详参前篇题旨。李中书，谓李吉甫，字弘宪，德宗贞元间曾任郴州刺史，宪宗元和间迁中书侍郎、同平章事，封赵国公，元和九年（814）冬卒。李吉甫为郴州刺史，有《北楼诗十韵》，杨于陵调任郴州，故和之，柳宗元亦和焉。十韵，二十句。

[注解]

①遗唱：指李吉甫的《北楼诗十韵》，今佚。

②"新和"句：谓杨于陵新和之作，文采斐然，价值极高，可敌万金。南金，良金也。张孟阳《拟四愁诗》："佳人遗我绿绮琴，何以赠之双南金。"

③"凤去"句：凤鸟飞逝而宏音继续流传。凤，喻李吉甫。徽音，喻李之诗作。续，谓后续有人，指杨的和作。

④"芝焚"句：芝兰被焚毁，徒留芳草青青，似深深的喟叹。陆机《叹逝赋》："信松茂而柏悦，嗟芝焚而蕙叹。"芝焚，喻贤者被祸也，此处当指李吉甫逝世。芳意深，意同"蕙叹"，代表杨的感叹。

⑤"游鳞"二句：形容登楼所见，景象优美缥缈，有如游龙出水、鹤唳仙山的神仙境界。

⑥三湘：泛指湘水流域。

⑦"宏规"二句：赞美杨于陵器度高超，文笔美妙。

⑧"静契"二句：形容此刻心境宁静悠闲。契，契合。迟客心，等待来客的心情。迟，待也。

⑨"骅骝"二句：良马应当快步驰远，鹈鴂莫先啼叫，以免催促百花凋零。比喻贤士正要施展才华，千万莫被谗言抢先，使忠实之士蒙罪。屈原《离骚》："恐鹈鴂之先鸣兮，使夫百草为之不芳。"

⑩梁父吟：《三国志·蜀志·诸葛亮传》："亮躬耕陇亩，好为梁父吟。"梁父吟，乐府古辞，谓田疆三人"力能排南山，文能绝地纪。一朝被谗言，二桃杀三士。谁能为此谋，相国齐晏子"。此处借"梁父吟"喻野有遗贤，亦暗指自己内心的感怀。

[赏析]

这首诗因为地利之宜，和作李吉甫的《北楼诗十韵》。李吉甫为中唐名相，曾于元和二年、六年两度入相。《北楼诗十韵》作于为相之前、郴州刺史任内,原诗虽已亡佚,但以其生平推想,应该富含社稷之思,充满贤臣报国之志。因此杨于陵的和作,柳宗元说是"新和敌南金""凤去徽音续",而柳诗写到最后,也由登楼而引发贤臣小人之辩,仿佛听到乡野遗贤高唱《梁父吟》。事实上,这更有可能是柳宗元自己内心的吟唱,以遗贤自比,暗寓悲慨之情。

杨尚书寄郴笔知是小生本样令更商榷使尽其功辄献长句

截玉铦锥作妙形①,贮云含雾到南溟②。尚书旧用裁天诏③,内史新将写道经④。曲艺⑤岂能裨损益,微辞只欲播芳馨⑥。桂阳卿月光辉遍⑦,毫末应传顾兔灵⑧。

[题旨]

杨于陵从郴州寄送毛笔给柳宗元,宗元以此诗酬答。依题目看,笔样似是宗元设计,杨加以修改,并期待宗元再给予意见,使之更能发挥书写的功能。

[注解]

①"截玉"句:以玉为管,制作出美妙的笔。铦锥,锐利的锥刀。铦,利也。

②云、雾:皆形容笔墨字迹。贮云含雾,则尚未开笔使用,故乃指新制的笔。南溟:指柳州。

③"尚书"句：汉以尚书郎作诏文，此谓昔日杨于陵曾经担任文书起草的工作。

④"内史"句：《晋书·王羲之传》云，王羲之为会稽内史，山阴有道士好养鹅，羲之往观，意甚悦，固求市之。道士云："为写《道德经》，当举群相赠。"羲之欣然写毕，笼鹅而归。内史，此指杨于陵。新将写道经，意谓新笔将可用于抄写《道德经》。

⑤曲艺：指书法。

⑥芳馨：指杨于陵的治绩。

⑦"桂阳"句：指郴州杨于陵治政良好，如明月光辉遍照。桂阳，郴州。卿月，《尚书·洪范》："王省惟岁，卿士惟月。"孔安国《传》："卿士各有所掌，如月之有别。"

⑧"毫末"句：文意承上，谓杨于陵治政良好如月光遍照，这支毛笔也应能传送月中顾兔的灵巧吧。

[赏析]

此诗灵巧有趣。因为一支新笔，而显示出文人特有的风雅与交谊。柳宗元设计的笔样，杨于陵想必十分喜爱，所以加以修改，又再寄给宗元参考，也有讨教之意。宗元除了感动于千里寄笔的盛情之外，对于新笔的式样，几乎不曾表示意见，反而扣紧笔的书写功能，大大赞扬于陵善于文书，同时治政优良，人笔相得益彰。宗元是晚辈，必然将杨的赠笔视为抬举，因此不免歌功颂德一番。合前二首以观，柳、杨确有世代之交的情谊。

韩漳州书报彻上人亡因寄二绝

其 一

早岁京华听越吟①,闻君江海分逾深。他时若写兰亭会②,莫画高僧支道林③。

[题旨]

此为悼念亡友彻上人之作。韩漳州,名泰。彻上人,灵彻,字源澄,会稽人。贞元中游京师,名震辇下,宗元殆在此时与之结识。彻因流言中伤,得罪当局,徙汀州。会赦归东越,吴、楚间诸侯多宾礼招延之。元和十一年(816),卒于宣州开元寺,年七十一。宗元闻耗当在是年秋。

[注解]

①越吟:指彻上人的文才、声名。彻,会稽人,又尝从越客严维学为诗,故云。

②兰亭会:《晋书·王羲之传》:"会稽有佳山水,名士多居之,谢安未仕时亦居焉。孙绰、李充、许询、支遁等皆以文义冠世,并筑室东土,与羲之同好。尝与同志宴集于会稽山阴之兰亭,羲之自为之序以申其志。"

③支道林:道林,支遁字也,为晋代高僧,精通佛理与玄学。兰亭修

禊,遁与焉,故后人写《修禊图》,遁亦在其列。此谓彻上人胜于支道林也。

[赏析]

此诗旨在勾勒彻上人文采高华的形象。一、二句写彻上人成名甚早,名动京师,海内皆知其名声。三、四句以晋代文人兰亭会为喻,暗示彻上人胜于支道林,将来必在文坛上留名。

其 二

频把琼书①出袖中,独吟遗句②立秋风。桂江日夜流千里,挥泪何时到甬东③。

[题旨]

与前篇同时作。

[注解]

①琼书:指彻上人诗文集。

②遗句:谓彻上人诗句。彻上人诗作颇丰,惜多已亡佚,《全唐诗》仅存十六首。

③"桂江"二句:谓己在柳州伤心垂泪,泪水何时随流水到彻上人所居的甬东之地。甬东,越地,即今浙江舟山,在会稽句章县东海中洲也。

[赏析]

前篇理性客观,此篇则洋溢情感,表露自身对彻上人的追悼之情。首二句以彻上人诗文为念,秋风中独吟,更显得知已凋零,情何以堪。末二句以桂江千里,挥泪随水流比喻伤心至极,颇似李后主"恰似一江春水向东流"的意味。

闻彻上人亡寄杨侍郎

东越高僧还姓汤①,几时琼佩触鸣珰。空花一散②不知处,谁采金英③与侍郎?

[题旨]

与前二篇同时作。杨侍郎,谓杨于陵,与彻上人应为旧识,故宗元寄此诗以抒发哀伤心情。

[注解]

①东越高僧:原指南朝宋惠休上人,其为著名诗僧,本姓汤。此处借指彻上人,其亦姓汤,故云"还姓汤"。

②空花一散:喻彻上人亡故。空花,佛教以空华喻物象之虚。花,同"华"。

③金英:指菊花。惠休《赠鲍侍郎》:"玳枝兮金英,绿叶分紫茎。不入君玉杯,低采还自荣。想君不相艳,酒上视尘生。当令芳意重,无使

盛年倾。"此借用其事,以惠休喻彻上人,鲍照喻杨于陵,意谓彻上人亡故后,谁与杨侍郎采菊献诗。

[赏析]

　　首句仍推崇彻上人的才德,第二句意谓何时可再获知彻上人的行踪。三、四句充满感叹,缘起缘灭,世事如梦,何能再得知己,共赏奇文佳句呢?值得注意的是,此诗乃寄杨侍郎,故须就杨与彻上人之关系立说,方能发挥同声共感的作用。

柳州寄丈人周韶州

　　越绝孤城千万峰①,空斋不语坐高春②。印文生绿经旬合③,砚匣留尘尽日封。梅岭寒烟藏翡翠④,桂江秋水露鲷鳙⑤。丈人本自忘机事⑥,为想年来憔悴容⑦。

[题旨]

　　韩醇《诂训柳集》云此诗与下二篇皆作于元和十一年(816)秋。韶州,州治在今广东韶关市曲江区。此诗宗元自言在越而思周丈人,通篇充塞寂寞情调。

[注解]

　　①"越绝"句:形容柳州多山,与世隔绝。

　　②"空斋"句:谓已竟日独坐不语。高春,傍晚时分。

③"印文"句：印章生满绿苔，经过十日，连印纹都被弥合。比喻官况寂寞，穷极无聊。下句意同此。

④"梅岭"句：梅岭即大庾岭，在广东、江西交界，因岭上多梅，故又名梅岭。翡翠，鸟名。

⑤"桂江"句：暗喻柳州环境恶劣，恶鱼如鬼如蜮，令人惊悚。鲲鳙，鲲、鳙，皆鱼名。

⑥"丈人"句：谓周丈人逍遥物外，早已忘却世俗机事。机事，《庄子·天地》："有机械者，必有机事，有机事者，必有机心。"

⑦"为想"句：承上句，若周丈人已然逍遥物外，当体恤吾憔悴之容。

[赏析]

本诗以"憔悴"作结，事实上前四句也都在铺写憔悴的心情、境况。尤以三、四句"笔墨生尘""印文生绿"的形容，最能衬托"讼庭无事"，却又"寂寞无人见"的孤寂心境。五、六句写景，但因以"寒烟""秋水"为背景，那些鸣禽游鱼，也就显得寂寥凄清了。末二句先抬高对方，歌颂他已能超乎物外，接着请对方也为我思量忖度，到柳州一年多来，"斯人独憔悴"的倦容。由此可见二人交情深厚，故有此诚恳之语。

登柳州峨山

荒山秋日午，独上意悠悠。如何望乡①处，西北是融州②。

[题旨]

秋日登高，兴发思乡之情。峨山，见宗元《柳州山水近治可游者记》。

[注解]

①望乡：王国安《柳宗元诗笺释》云，宗元诗文中所怀之乡，皆指京师言，故此处"望乡"乃指京师。

②融州：在柳州北三十里，州治在今广西融安县西南。

[赏析]

秋日正午，独登荒山，思意悠悠。怎样才能望见我所思念的故乡呢？向西北瞭望，仍然是异乡的融州啊！

得卢衡州书因以诗寄

临蒸且莫叹炎方①，为报秋来雁几行。林邑②东回山似戟，牂牁③南下水如汤。蒹葭淅沥④含秋雾，橘柚玲珑⑤透夕阳。非是白蘋洲畔客⑥，还将远意问潇湘⑦。

[题旨]

此为回复卢衡州书信而作。衡州，州治在衡阳。卢某，生平不详。二人或同为谪官，宗元以自身处于南徼之极处，劝勉对方不必再怨叹。

[注解]

①"临蒸"句：谓身在衡州的您，不要再抱怨处于炎热的南方了。临蒸，衡州县名，后改为衡阳。

②林邑：汉代象林县，马援铸铜柱处，在今越南。

③牂牁（zāng kē）：郡名，楚顷襄王经且兰而灭夜郎，以且兰有枕船牂柯处，乃改其名为牂牁。牂牁江南流入广西，下番禺入南海。

④蒹葭渐沥：蒹，水草名。葭，芦苇。渐沥，水声。蒹葭渐沥，代指秋雨之声。

⑤橘柚玲珑：比喻夕阳的颜色。

⑥"非是"句：《南史·柳恽传》载，柳恽为吴兴太守，尝作《江南曲》："汀洲采白蘋，日落江南春。洞庭有归客，潇湘逢故人。"本句谓己身今在柳州，非是江南舟客般惬意自在。

⑦"还将"句：承上句，反问卢衡州，你我二人谁被贬谪得比较远。

[赏析]

卢、柳同为"天涯沦落人"，互相倾吐心事，本是人之常情。可喜的是，柳宗元意在劝慰对方，并以己身为例，说明更糟糕者亦不过如此。卢得此诗，应能稍微宽心了吧。首句慰解卢某，次句表明系接获来信而作答。三、四句用以形容己身所在的柳州，其实非常靠近这些南蛮之地，"山林如戟""流水汤汤"，自然环境相当原始险恶。但"秋雨渐沥""夕阳玲珑"，也自有其萧条孤寂之美。末二句一写己一扣问对方，戏而不谑，显示二人之间温润平和的情谊。

与浩初上人同看山寄京华亲故

海畔尖山似剑铓①,秋来处处割愁肠。若为化得身千亿,散上峰头望故乡。

[题旨]

浩初,潭州人,龙安海禅师弟子,与宗元相识于永州,元和十一年(816)或十二年(817)至柳州访宗元,本诗即作于当时。宗元有《送僧浩初序》,颇称述其人性情文才。

[注解]

①铓:刀锋。此处形容山势峻峭。

[赏析]

首二句形容山势,"割愁肠"一语触目惊心,可见山形尖峭锐利,而且群山重重,令人有困绝异乡的怅恨。所以下二句说,希望化身为千亿碎片,飞飘到山顶,登高远望,纾解怀乡思亲的愁绪。

浩初上人见贻绝句欲登仙人山因以酬之

珠树玲珑隔翠微①,病来方外②事多违。仙山不属分符客③,一任凌空锡杖飞④。

[题旨]

与前诗同时作。浩初上人赠诗宗元,并欲攀登仙人山,宗元以此诗酬赠。仙人山,在柳州。

[注解]

①珠树:《山海经·海外南经》中有三珠树,叶皆为珠,极为珍贵。此言树木之美。翠微:形容山色。

②方外:游方之外,超越世俗之地,指仙人山。

③分符客:掌握符节的官员,宗元自谓也。

④锡杖飞:意谓僧人得道,凌空而去。锡杖,僧人多执锡杖,代表智、德。

[赏析]

此诗有逍遥物外的思想,又隐含调侃之意。远山翠微,树影玲珑,这般自然美景,只可惜自己此刻病困若是,恐怕事与愿违。这仙人山是世外桃源,本就不属于仕宦者所有,只宜有道高僧执杖而飞,任人羡慕那清逸无忧的境界。就诗意观之,宗元似乎以为攀登仙人山,只宜浩初上人独往,有恕不奉陪的意思。

寄韦珩

初拜柳州出东郊①,道旁相送皆贤豪。回眸炫晃别群玉②,独赴异域穿蓬蒿。炎烟六月咽口鼻③，胸鸣肩举不可逃。桂州西南又千里，漓水斗石麻兰高④。阴森野葛交蔽日，悬蛇结虺如蒲萄。到官数宿贼满野，缚壮杀老啼且号。饥行夜坐设方略，笼铜枹鼓手所操⑤。奇疮钉骨状如箭，鬼手脱命争纤毫⑥。今年噬毒得霍疾⑦，支心搅腹戟与刀⑧。迩来气少筋骨露，苍白浙泪盈颠毛⑨。君今矻矻又窜逐⑩，辞赋已复穷诗骚⑪。神兵庙略频破虏⑫，四溟不日⑬清风涛。圣恩倘忽念行苇，十年践踏久已劳⑭。幸因解网入鸟兽⑮，毕命江海终游遨。愿言未果身益老，起望东北心滔滔⑯。

[题旨]

元和十二年（817），宗元因水土不宜，染上霍乱，有诗寄韦珩。韦珩，京兆尹韦夏卿之侄，贞元间韩愈荐士十人于陆修，珩（字群玉）列名其一。宗元有《答韦珩示韩愈相推以文墨事书》，称其"志气高，好读南、北史书，通国朝事。穿穴古今，后来无能和"，可略知其为人与才气。

[注解]

①"初拜"句：指自己出任柳州刺史，文友送别的情景。

②群玉：一指韦珩字群玉，或解作群贤。

③"炎烟"句：宗元于元和十年（815）六月二十七日至柳，六月当已过岭。咽口鼻，谓山林瘴疠使口鼻哽塞不舒服。下句亦同样形容身体不适之状。

④漓水：桂江。麻兰：当作兰麻，山名，在今桂州理定县。

⑤"饥行"二句：谓积极整治吏政，在夜晚仍忍着饥饿设计擒拿盗贼，甚至身先士卒，亲自拿起鼓槌击鼓，提振士气。笼铜，同"膧胧"，

鼓声也。枹鼓，击鼓。枹，击鼓杖也。

⑥"奇疮"二句：谓身染疗疮，如利箭钉骨，痛不可言，差点走上死亡之路，最后从鬼怪手中抢回一条老命。

⑦霍疾：霍乱。

⑧"支心"句：形容痛发时，如同以戟、刀肢解、搅拌，十分痛苦。

⑨"苍白"句：形容头发花白，四散披垂，老朽的样子。滞洳(zhì yù)，水流貌，形容其头发披散。颠毛，顶上毛发，头发。

⑩"君今"句：谓韦珩亦同遭贬谪的厄运。矻(kū)矻，辛劳貌。窜逐，黜谪远地。

⑪"辞赋"句：意谓以诗骚辞赋抒发抑郁之情。

⑫"神兵"句：元和十二年（817），上用兵讨淮、蔡。

⑬不日：不多时。谓天下即将太平。

⑭"圣恩"二句：谓若蒙圣上挂念远谪南方的我，至今也已贬谪十年之久了。行苇，道旁野草，自谦之词。十年，宗元自贞元得罪以来，至是十三年矣。践踏，承上句"行苇"之词，以野草遭人踩踏喻己之待罪心情。

⑮解网：《史记·殷本纪》载，商汤见野张网四面，乃去其三面，祝曰："欲左，左；欲右，右。不用命，乃入吾网。"诸侯闻之，曰："汤德至矣，及禽兽。"此处用以祈请圣上网开一面，赦免其罪。入鸟兽：喻回归山林，不再受困于世俗功名。

⑯"起望"句：望向东北韦珩所谪处，思意绵长如流水。

[赏析]

此诗风格奇崛沉郁。其中，述柳州风土人情，用字密实入骨，颇能动人心魄。"君今矻矻又窜逐"转而寄韦珩，又以当时政事为媒介，婉转表达乞归脱困的心意，使收结处，倍有悲凉之气。

南省转牒欲具江国图令尽通风俗故事

圣代提封尽海壖①，狼荒②犹得纪山川。华夷图上应初录③，风土记中殊未传④。椎髻⑤老人难借问，黄茅深峒⑥敢留连？南宫⑦有意求遗俗，试捡周书王会篇⑧。

［题旨］

此诗作于柳州，年月不可考，暂列于此。南省，唐尚书省在大明宫之南，故称。转牒，递送公文。由题目观之，尚书省派下公文，令绘制江国图志以明各地风土习俗，宗元乃赋此诗。全篇感慨柳州荒远，典籍未载，乏人问津。结语略含讽谏，谓若真有意求访民俗，应该仿效《周书·王会篇》的爱民精神。

［注解］

①"圣代"句：谓天子的封地广至海滨荒野，含朝廷尽有天地之意。提封，古代诸侯的封地。海壖（ruán），江海边地。

②狼荒：形容荒远之地。

③"华夷图"句：谓《华夷图》应是柳州被收入图志的开始。华夷图，德宗时，宰相贾耽上《海内华夷图》。

④"风土记"句：谓在晋代《风土记》中，柳州尚未被著录。风土记，晋周处有《风土记》三卷。

⑤椎髻：《汉书·西南夷传》："自滇以北……此皆椎结。"颜师古注："结读若髻。为髻如椎之形也。"

⑥峒：山穴也。古称苗侗诸族居住之地。

⑦南宫：谓尚书省。

⑧周书王会篇：周武王时，远国归款，《周史》集其事为《王会篇》。篇中载商汤不欲诸侯朝贡非其所有而远求于民之物，必因其地制宜，易得而不贵者乃受之。

[赏析]

柳宗元个性耿直，敢言人不敢言者，此篇又是一证。对于公家的行事，宗元竟有"难借问""敢留连"的诘难，似为柳州蛮夷之地，不受中土重视，深感不平。因此他说，朝廷若真的有意采集民俗，察访民情，不妨先去看看《王会篇》，真正出于爱民之心，因地制宜，才不致构成扰民、伤民的结局。

柳州寄京中亲故

林邑山联瘴海秋，牂牁水向郡前流。劳君远问龙城①地，正北三千到锦州②。

[题旨]

韩醇《诂训柳集》云此诗元和十三年（818）秋作。从内容看，应是为回复亲友书信而作。

[注解]

①龙城：龙城郡，指柳州。

②"正北"句：谓柳州至锦州有三千里之遥，则长安之远可知也。锦州，故治在今湖南麻阳苗族自治县西。

[赏析]

这是回复亲友慰问的诗。首二句描写柳州荒远的山水，末二句简单回应对方的关切。言之平实而酸楚自见。

种柳戏题

柳州柳刺史，种柳柳江边。谈笑为故事，推移成昔年①。垂阴当覆地，耸干会②参天。好作思人树③，惭无惠化④传。

[题旨]

以自我解嘲的笔调记种柳事。柳宗元在柳州曾种柳、种柑与木槲花，兹将此三首诗并列于此。

[注解]

①"谈笑"二句：谓种柳之后，随着时光推移，此时的谈笑都将成为往事。故事，旧事。昔年，过去的岁月。

②会：当、应。

③思人树：思其人犹爱其树，意谓后人看到柳树，应会想起我柳宗元，而更爱护此柳树。

④惠化：恩惠化民。

[赏析]

首二句叠四"柳"字，已见"戏"题的意味。戏题，代表自我调侃、自我解嘲，略有游戏笔墨的意思。三至六句预见时移世易的未来，树会成长茁壮，人却会衰老消逝。因此结语才会说自己是"好作思人树"，仿佛希望借树以流芳百世，下句又用"惭"字，表示自己才德尚未高超至此，前说不过是爱好虚名罢了。

柳州城西北隅种甘树

手种黄甘二百株，春来新叶遍城隅。方同楚客怜皇树①，不学荆门利木奴②。几岁开花闻喷雪③，何人摘实见垂珠④？若教坐待⑤成林日，滋味还堪养老夫。

[题旨]

甘树，即柑橘。以诗记事，结句有北归无望，转而自我解嘲的意味。

[注解]

①"方同"句：屈原《楚辞·九章·橘颂》："后皇嘉树，橘徕服兮。受命不迁，生南国兮。"王逸注："言皇天后土，生美橘树，异于众木。

徕服，习南土便其性也。屈原自喻材德如橘树，亦异于众也。"楚客，指屈原。皇树，橘树也。本句谓自己就像屈原一样赏爱橘树。

②"不学"句：《襄阳记》载李衡种甘橘千株，临死，敕儿曰："汝母恶吾治家，故穷。然吾州里有千头木奴，不责汝衣食，岁上一匹绢，亦可足用尔。"橘成，岁得绢数千匹，家道殷足。荆门，应作荆州，李衡为荆州襄阳人。木奴，指橘树。本句谓自己种柑橘，并不是要学李衡以橘树获利。

③喷雪：橘树开花色白如雪。

④垂珠：以珠比柑，形容其果实美好。

⑤坐待：渐渐、将要。

[赏析]

首二句记事，点明种柑橘的时间、地点与数量。韩醇《诂训柳集》因"春来新叶遍城隅"句，订为元和十三年（818）春天作。三、四句征引典故，以屈原爱橘和李衡种橘作对比，前者重德才，后者重财禄，表明自己以屈原为同道，也有高洁的品格。五、六句写柑橘开花结果，合七、八句，隐含种树成林的期待，来日当可享受柑橘的滋味。

种木槲花

上苑年年占物华①，飘零今日在天涯。只应长作龙城守②，剩③种庭前木槲花。

[题旨]

种木槲花有感。

[注解]

①"上苑"句:谓每年京城的人事景物都非常繁荣风光,与下句自己的孤独飘零形成对比。上苑,禁苑,天子的庭苑。占,茂盛繁荣之意。

②龙城守:指任柳州刺史。龙城,龙城郡,即柳州。

③剩:尽也,多也。

[赏析]

古诗云:"冠盖满京华,斯人独憔悴。"正与本诗的情感相合。首二句有今昔之比,昔日为京城得意文士,今日则沦为柳州谪人,相去何止千里!因此末二句就充满自我嘲弄的意味,"只应""剩种"语气甚为无奈,仿佛这已成宿命,英才栋梁,最后只落得种花自娱的下场。

摘樱桃赠元居士时在望仙亭南楼与朱道士同处

海上朱樱①赠所思,楼居况是望仙②时。蓬莱羽客③如相访,不是偷桃一小儿④。

[题旨]

摘樱桃赠元居士、朱道士,并赋诗为记。

[注解]

①朱樱：樱桃。

②望仙：指望仙亭。全篇亦就此发挥。

③蓬莱羽客：蓬莱，传说中的海上三仙山之一。羽客，仙人。

④"不是"句：谓若有仙人来访元、朱二士，见此樱桃，可不能说他们像偷桃的东方朔。小儿，轻蔑语，戏谑语。偷桃一小儿，《汉武故事》载，有东郡矮人向汉武帝控告，东方朔三偷西王母仙桃。

[赏析]

此诗事雅而文谐。摘樱桃以赠，见人情之美，所赋诗作，则别有俳谐之趣。全篇扣紧神仙事而加以发挥，符合居士、道士的身份，也切合望仙亭的背景。偷桃小儿语，更有博君一粲的效果。

酬曹侍御过象县见寄

破额山①前碧玉流，骚人遥驻木兰舟②。春风无限潇湘忆③，欲采蘋花不自由。

[题旨]

曹侍御来到柳州象县，有诗寄赠柳宗元，故宗元与之酬唱。

[注解]

①破额山：黄州府黄梅县有破额山，但黄梅县与象县相距甚远，疑柳

州另有破额山。

②骚人:诗人,指曹侍御。木兰舟:刻木兰为舟,形容船之美也。

③"春风"句:潇湘忆,柳恽《江南曲》:"汀洲采白苹落蘋落,日落江南春。洞庭有归客,潇湘逢故人。"本句及下句盖用其语意,谓感念故人过访赠诗,欲采蘋花自献,可惜为职事所系,不得自由。

[赏析]

韩醇《诂训柳集》云此诗作于元和十四年(819)春,而柳宗元卒于是年十一月八日,故列于卷末。

首二句写曹侍御,"碧玉流""木兰舟"之语,一则记其泊舟休憩处,一则以美化曹的诗人形象。三、四句写己,既有"潇湘逢故人"的喜悦感动,又有"欲采蘋花不自由"的叹息,可说兼顾了双方的情感,平淡中自有寄托。

主要参考书目

柳宗元. 柳宗元集[M]. 吴文治, 点校. 北京: 中华书局, 1979.

柳宗元. 柳河东集[M]. 上海: 上海古籍出版社, 1993.

罗联添. 柳宗元事迹系年暨资料类编[M]. 台北: "国立"编译馆, 1981.

吴文治. 柳宗元诗文汇评[M]. 台北: 明伦书局, 1971.

胡楚生. 柳文选析[M]. 台北: 华正书局, 1983.

孙昌武. 柳宗元评传[M]. 南京: 南京大学出版社, 1998.

王国安. 柳宗元诗笺释[M]. 上海: 上海古籍出版社, 1993.

王松龄, 杨立扬. 柳宗元诗文选译[M]. 修订版. 南京: 凤凰出版社, 2011.

叶庆炳. 中国文学史[M]. 台北: 学生书局, 1978.

罗联添. 中国文学史论文选集: 三[M]. 台北: 学生书局, 1985.

王梦鸥, 等. 中国文学的发展概述[M]. 台北: 中华文化复兴委员会, 1982.